大正処女御伽話

共ニ歩ム春夏秋冬

大正処女御伽話

共ニ歩ム春夏秋冬

桐丘さな
はむばね

小説… JUMP j BOOKS

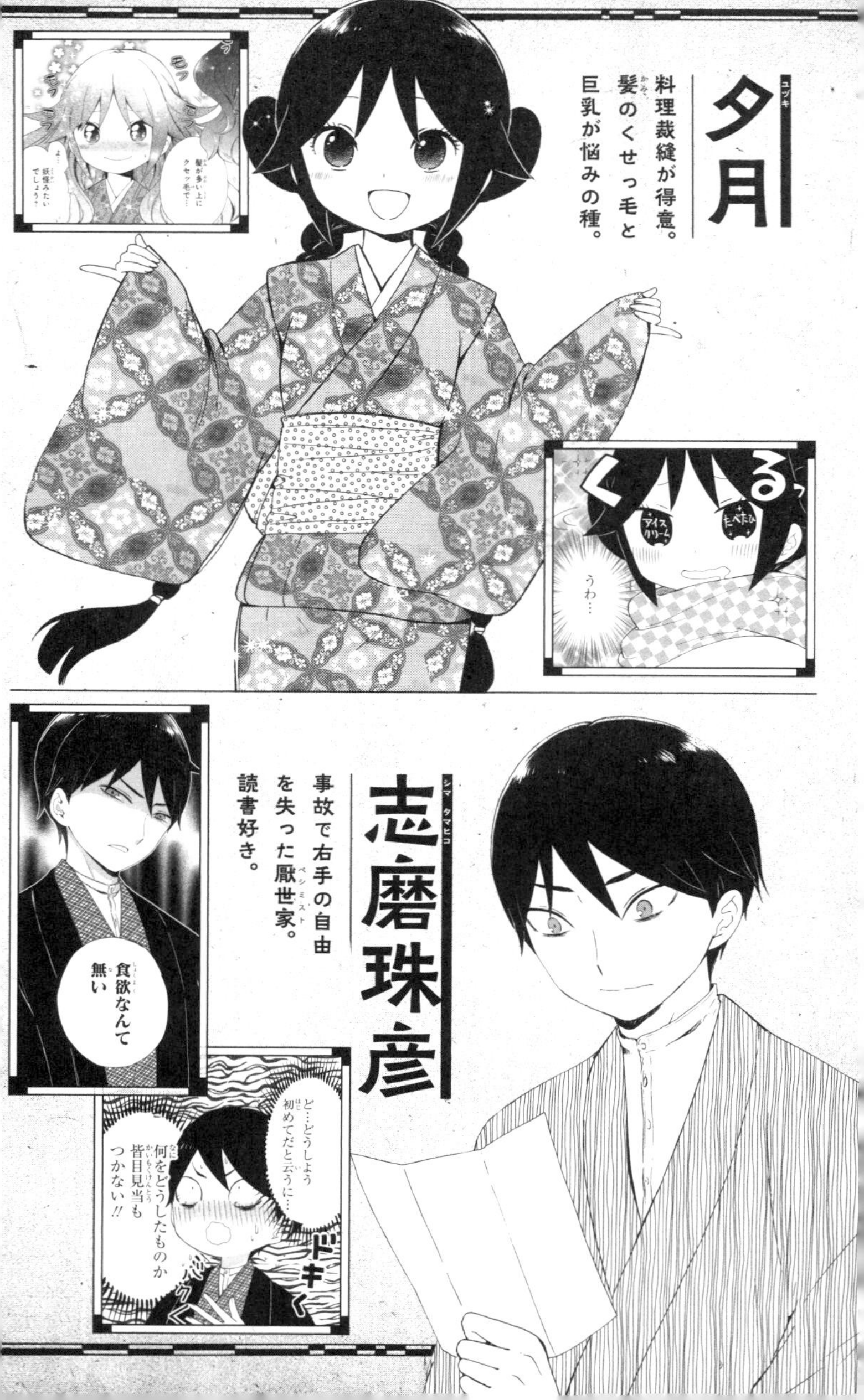
夕月《ユヅキ》
料理裁縫が得意。
髪《かみ》のくせっ毛と
巨乳が悩みの種。
モフ
モフ
モフ
モフ
髪が多い上にクセッ毛で…
よ…妖怪みたいでしょう？
くるっ
アイスクリーム
たべたい
うわ…
志磨《シマ》 珠彦《タマヒコ》
事故で右手の自由
を失った厭世家《ペシミスト》。
読書好き。
食欲《しょくよく》なんて無《な》い
ど…どうしよう
初《はじ》めてだと云《い》うに…
何《なに》をどうしたものか
皆目見当《かいもくけんとう》も
つかない!!
ドキ
ドキ
バク
バク

大正処女御伽話 共ニ歩ム春夏秋冬 人物紹介

志磨《シマ》珠子《タマコ》

珠彦の妹。頭がよくて気が強い。夕月に懐く。

綾《リョウ》

珠彦・夕月と同じ村に住む少女。弟想い。

大正処女
御伽話
共ニ歩ム春夏秋冬

目次
CONTENTS

序

雪ノ日ノ幕開ケ

寒い。
嗚呼《ああ》、寒くて寒くて凍えてしまいそう。
身体《からだ》もそうですが……何よりも、心が寒くて堪《たま》りませんでした。
こんこんと降り続ける雪が身体に積もっていくけれど、払い除《の》ける気も起きません。
ついつい後ろを振り返りそうになってしまうのを、どうにか堪《こら》えます。
ここは、故郷から遠く離れた千葉《ちば》の地。
振り返ったところで、岩手《いわて》の生家が見えるわけもありません。
それでも、振り返ってしまえばきっと決意が鈍るから。
『夕月《ゆづき》はもう死んだと思って下さい』
お父《と》っつぁんとおっ母《か》さんには、そう書き残して家を出てきました。
夜中にこっそり出てきたから、最後に見られたのは二人の寝顔だけ。
私があの家に戻ることは、もう二度とないでしょう。
お父っつぁんとおっ母さんの笑顔を見ることは、もう二度と叶《かな》わないのでしょう。

私は、私自身を『買われた』のですから。


「お願いでございます！　何卒《どうか》私のお願いを聞き入れて下さいませ！」

過日、私は志磨《しま》のご当主様に向けて頭を下げていました。

志磨家に借金していた叔父《おじ》夫婦が夜逃げして、私の両親は借金を背負うことに。

——なぁに、こんな借金くらいすぐに返してやるさ
——だから、ユヅが心配することなんて何もないのよ
お父っつぁんとおっ母さんは、そう言って私に微笑《ほほえ》んでくれました。

けれど、二人が夜中に深刻な様子で何度も話し合っているのを知っています。

そう……私を女学校に入れるのだってやっとだったこの家に、そんな余裕はないのです。

私は、困っている両親をどうにか助けたく思い……。

「私を、買って下さい！」

思いついたのは、こんな方法だけでした。

「死ぬまで働きます！　どんな事だってしますから、お願いします!!」

私に、然程《さほど》の価値がないことくらいわかっています。

「どうか……」

それでも少しでも借金返済の足しになればと、膝《ひざ》をつき頭《こうべ》を垂れました。

「……いいだろう」

「っ！」

ご当主様の頷《うなず》く気配に、ハッと顔を上げます。

「一万円で君を買おう」

「いっ……一万円!?」

お付きの方の驚く声が響く中……思いも寄らない金額が提示され、私は声さえ出せませんでした。なにしろ一万円といえば、普通の勤め人なら貯《た》めるのに何十年もかかるような大金です。いくら、大金持ちとはいえ……。

「丁度、倅《せがれ》が一人事故に遭って右手が不自由になってしまってね。それの世話を……ゆくゆくは、妻として生涯支えてくれ」

……思うに、私自身に一万円もの価値が見出《みいだ》されたわけではないのでしょう。

きっと、そのお坊ちゃまというのが余程厄介なお方なのです。

私はこれから、乱暴なお坊ちゃまの元で物の様に扱われ毎日泣き暮らすのだわ……。

そう思うと震えてしまい、思わず決意が鈍ってしまいそう。

それでも、お父っつぁんとおっ母さんの顔を思い出して心を奮い立たせます。

「私のお願いを聞き入れて下さり、ありがとう存じます！」

こうして、私は私自身を『買われた』のです。


出掛けるついでだと駅まで送っていただく車中で、ご当主様と少しだけ話しました。

私がお世話することになるお方は、珠彦《たまひこ》様と仰《おっしゃ》るそうで。

「珠彦様は、なぜお一人で別荘に住まわれていらっしゃるのですか……？」

問いかけると、ご当主様の目がこちらに向きます。

その鋭い眼差《まなざ》しで射抜かれると、なんだか息苦しい……。

「私の役に立ちそうも無いから、別荘にでも閉じ込めておこうと思ってね」

「っ……」

実の息子に対するものとは思えぬ言葉に驚いて、思わず彼の顔を凝視してしまいます。

そんな……事故で片腕が動かなくなったからって……。

「役に立たないとか、閉じ込めるとか……」

そうではなくて……そんな、心無い言葉ではなくて。

「命が助かって良かったとか、父親ならお思いにならないのですか」

緊張に一つ息を呑《の》んでから、そう尋ねます。

すると、ご当主様は薄く笑われました。

「『子は三界《さんがい》の首枷《くびかせ》』と云《い》う言葉を知っているかね」

親というものは子供のことにとらわれて、一生自由を束縛される。

確かに、そのような言葉はありますが……。

「私の役に立てない子供はまさに首枷、だから外したまで。たったの一万円であの倅が無かった事になるのなら安い物だ」

使えなくなった道具を捨てるかのような物言いに、私は何も返せませんでした。

それ以降は、何かを問いかけられる雰囲気でもなく。

私は、ただ黙って車に揺られるのみだったのです。

そうして霜月《しもつき》、大雪《おおゆき》の日の夜。

私は、寒さに凍えながら珠彦様のお住まいへと向かいひたすらに歩いていました。

――そう云えばこの近くに、志磨家の別荘があるそうだよ

――はんっ、羅刹《オニ》の棲処《すみか》というわけだ

――なんでも、住んでいる奴《やつ》はヒトの生き血を啜《すす》るのが趣味だとか

――そんな屋敷に入った日には、生きて出てこられないんじゃないか？

ここに向かう汽車の中で、そんな噂話《うわさ》も聞こえてきました。

ブルリと、寒さとは別の理由で身体が震えます。

大丈夫……大丈夫。あんなの、面白おかしく話していただけ。まさか、本当に取って喰《く》われるわけはありません。

ですが……ご当主様が他者を見る目は、確かに異様なものだったように思えます。

まるで、ヒトをヒトとも思っていないような。

きっと、それが『羅刹《らせつ》の一族』だなんて呼ばれる所以《ゆえん》なのでしょう。

「まだあげ初《そ》めし前髪《まへがみ》の　林檎《りんご》のもとに見えしとき　前にさしたる花櫛《はなぐし》の　花ある君と思ひけり　やさしく白き手をのべて　林檎をわれにあたへしは　薄紅《うすくれなひ》の秋の実に」

ふと頭に浮かんだ、若菜集《わかなしゆう》の一節を口ずさんでみました。

「人こひ初めしはじめなり」

この詩の題は、『初恋《はつこひ》』。

たとえ結ばれずとも、せめて初恋と云うものくらいは経験したかったなぁ……。

なんて……今更云っても、詮無きこと。

もう、珠彦様が住まわれているお屋敷も見えてきました……さぁ、気合いを入れなさい夕月！　ここまで来たら、色々と考えても仕様がないでしょう！　前向きに、笑顔で！

「ごめん下さいませーっ！」

声を張り上げながら、玄関の戸を叩《たた》きます。

「ごめん下さーい！」

けれど、一向に返答はございません。

「こんばんわー！」

それどころか、家の中からは物音の一つも聞こえず。まるで誰もいないかのような静けさで、だんだん不安に駆られてきました。まさか、こんな大雪の中をお出掛けあそばされているのでしょうか……？

「ひーっ！　さむーい！」

ビュオォと吹雪に吹かれ、思わずそんな声を上げてしまいます。

せめて、お屋敷の中に入れていただければ助かるのですが……。

「ごめん下さ……」

四度目の呼びかけの途中で中から戸が開いて、男の方が顔を覗《のぞ》かせました。

「っ……」

わぁ、なんて背の高いお方なのでしょう。

だけど……思っていたよりも、お若くていらっしゃる？　私よりもずぅっと年嵩《としかさ》の方を想像していましたが、私と三つ程しか変わらないのではないでしょうか。

このお方が、珠彦様……私の、旦那様となる御方《おかた》なのですね。

「……君は？」

おっといけない、自己紹介をしなければ。

「初めまして珠彦様。私《わたくし》、名を夕月と申します！」

笑顔で、元気よく。

「珠彦様のお嫁さんになる為《ため》、罷《まか》り越しました」

そう伝えると、珠彦様は一瞬呆然《ぼうぜん》としたような表情を浮かべられました。

そのお顔は青白く、お声もお体もか細くて、まるで病が有る人の様です。よく眠れてらっしゃらないのか、目の下には酷《ひど》いクマも見られました。

無理もありません。ご当主様のあの態度を見れば……この方が今までにどんな扱いを受けてきたか、想像がつきます。

私に辛《つら》く当たってくるかもしれない。でも私は、買われた身。逆らってはならない。たとえ乱暴されて物扱いされ泣かされようとも、このお方のお嫁さんになるほか無いのだから。

「……入りたまえ」

少しの間を挟んだ後、珠彦様はそう仰って踵《きびす》を返されます。

「外套《コート》は脱いでくれ」

「はい」

うぅ……家の中とはいえ、外套を脱ぐとますます寒い……。

「……どれ程、歩いてきたのかね」

「さ……三十町ほどです……」

こちらを振り返ることもなく素っ気なく尋ねられ、答える声は少し震えてしまいました。

「…………」

ふいに珠彦様が立ち止まります。

もしや、今の私の言葉に気に入らないところがあったのでしょうか……？

そんなことを考えていると……珠彦様は、やおら着ていらっしゃる羽織を脱ぎ始めました。そして、こちらを振り返り。

「風邪《かぜ》をひくといけない、羽織りたまえ」

羽織を、そっと私の肩にかけて下さりました。

思わぬ行動に、私はついつい珠彦様を見つめてしまいます。そのお顔は、少しだけ赤くなっていて……それ以上は何も仰ることなく、再び踵を返されます。

その時……私は、珠彦様のお心の一端に触れたような気持ちとなりました。

「温かい……」

羽織をかけて下さったその手は、眼差しは、お声は。

確かに優しく、温かかった。

だから、珠彦様のことをこんな風に思ったのです。

素っ気ないフリをしているけど、とても誠実でお優しい方。

この方は、私を物扱いなんてしない。

大丈夫……きっとこの方なら。

私を大切にして下さる。

そう思いながら羽織をギュッと抱きしめると、身も心も温かくなってきました。

この瞬間、ここが私の帰るべき『我が家』となったのです。
そして。
己《おの》が胸に生まれたこの淡い気持ちに付けるべき名を、私が悟るのは。
もう少し、先の話となります。

春

貴方《アナタ》ノ為《タメ》ニ

僕の人生、こんなはずではなかった。
明治《めいじ》三十八年。分限者《ぶげんしゃ》の家に生まれ、愛情以外は不自由なく育てられた。
それが去年、乗っていた車が事故に遭い諸々《もろもろ》を失った。
母、右手の自由……父からの期待。
家族は誰も僕を看《み》る気はない。それどころか、僕は事故で長殤《ちょうしょう》した事とされる始末。
事故で動かなくなった右手から、心の奥まで鉛のように冷えていった。
それから堕《お》ちていくのは早かった。
世の中のすべてに嫌気がさして。食欲は失《う》せ、笑う事も忘れた生ける屍《しかばね》。
引き籠もりの厭世家《ペシミスト》となり果てた。
養生せいと屋敷をもらったが、もはや終《つい》の住処《すみか》としか思えず。
後はもう、この棺桶《かんおけ》のような屋敷で只々《ただただ》静かに朽ち果てていくのみ。
……その、はずだったのだが。
「待てー！」

――バタバタバタバタ！

「待ちなさーい！」

――バタバタバタバタ！

「待ってってばー！」

――バタバタバタバタ！

何なのだ、この静寂とは無縁の騒がしさは……。

否、わかってはいるのだ。原因など、一つ……一人しか考えられないのだから。

しかし、今日は何をやっているというのか……一寸《ちょっと》、様子を窺《うかが》ってみるか。

そう思って襖《ふすま》を開け、部屋を出た途端のことだった。

「きゃっ⁉」

「わっ⁉」

駆けてきた少女と危うくぶつかりそうになり、お互い悲鳴をあげてしまう。

「す、すみません珠彦《たまひこ》様……！」

僕に向かって頭を下げるこの少女は、夕月《ゆづき》。僕は、ユヅと呼んでいる。

借金の形《かた》として僕の父に買われ……僕の嫁にと、あてがわれた少女だ。

あの雪の日の訪問から、数か月。春を迎えた現在、小さな体躯《たいく》ながら旺盛に家事を熟《こな》す姿も随分と見慣れたものとなってしまった。先程からドタバタと騒がしかったのも、間違いなく彼女だ。この屋敷に、他に住んでいる者などいないのだから。

「あっ、お昼ご飯はもう少し待っていてくださいねっ！」

僕は、この少女が気に喰《く》わない。

買われてきた境遇にも拘《かかわ》らず、なぜこんな底抜けに明るく笑っていられると云《い》うのか。

なぜ、こんな僕を甲斐甲斐《かいがい》しく世話してくれると云うのか。

ユヅが来た日に羽織をかけてやったことを、どうにも過剰に評価されている節があるが……僕は、そんな善《よ》い男なぞではない。そもそも、あの場面なら誰だって僕と同じ事をするに決まっているじゃないか。寒さに震える少女をそのままに放置する冷血漢なぞ……まあ、身内に何人か該当する顔は思い浮かぶが……ともあれ。

「それは構わないけど……相変わらず、元気な事だね」

「はいっ、それが取り柄でございますのでっ！」

この通り、皮肉も通じないようだ。

その屈託のない笑顔がどうにも僕には眩《まぶ》しく見えて、目を少し逸《そ》らしてしまう。

「ところで、先程から何をしているんだい？」

「はい、それがですね……あぁっ！」

頷《うなず》きかけて、ユヅは何かに気付いた様子で視線を外した。

「そんなところにいた！」

僕も彼女の視線の先、廊下の隅へと目をやると……

「チューッ」

……ネズミ？

「こらっ、観念なさい！」

箒《ほうき》片手に、ユヅはネズミに猛突する。

「ヂュッ！」

「わわっ……きゃっ!?」

然《さ》れどネズミが急に真逆へと方向転換したせいで、足をもつれさせてしまったようだ。

ユヅは、大きくよろめき……。

「危ない！」

危うく転びそうになるところを、自由に動く左腕《ひだりうで》でどうにか支えることに成功する。

「ふぅ……怪我《けが》はないかい？」

「は、はいっ……！」

僕の腕の中で、ユヅは身を固くしてコクコクと頷いた。

……ん？　腕の中？

『……っ！』

お互い間近で顔を合わせていると、ユヅの頬《ほお》が徐々に朱《あか》へと染まっていく。

僕も、己の顔が熱を持っていくことを自覚していた。

「す、すまない！」

咄嗟《とっさ》に抱きしめる形となってしまっていたところを、慌てて解放する。

「いえ、そんな！　ありがとう存じます！」

他方、ユヅは再び明るく笑って僕に向けて頭を下げた。

「支えていただいて、嬉《うれ》しかったです！」

「そ、そう……」

真《ま》っ直《す》ぐに僕の目を見ながら紡がれる、飾らない言葉。今に始まった事でもないが、矢張りどうにも調子が狂わされる気分だ……。

「ネ、ネズミ退治をしていたのだねっ？」

照れを誤魔化《ごまか》すのも兼ねて、話題を戻すことにする。

多少声が裏返っていた気もするが、気の所為《せい》だと思いたい。

「はいっ、そうなんですっ！」

幸いにしてと云うべきか、声について指摘されることはなかった。ユヅが大きく頷くと、三つ編みにしたお下げ髪《がみ》がまるで生きているかのように宙を舞う。

「以前から居着いているようで、珠彦様のお着物も少し齧《かじ》られてしまったのです！」

珍しく、憤懣《ふんまん》やるかたないと云った様子で力説するユヅ。

「別段、着物などいくらでもあるんだし少しくらい構わないじゃないか」

「そういう問題ではございません！」

そう云いながら、ズズイッと迫ってくる……って、近いな……!?

「最悪、着物なら縫い合わせれば良いですが……齧られた食べ物は駄目になってしまいますし、家だって齧られてしまいますし、何より……！」

「な、何より……？」

更に半歩分程迫ってくるユヅに、思わず同じだけ下がってしまった。

「珠彦様が噛《か》まれて、病気になってしまったらどうするのですか！」

ユヅは、真剣な表情で語気を強める。

「そんな大げさな……」

「大げさではございません!!」

やけに強く言い切るな……もしや、己や身内が実際に噛まれて病気になった経験でもあるのだろうか……？

「私、珠彦様がそうなってしまったらと思うと……そう、考えただけで……！」

目の端に涙を浮かべたユヅが、再び迫って……いや、近い近い近い！

ユヅは興奮して気付いていないようだが、これはもう接吻《せっぷん》の距離だぞ……!?

「わ、わかった！　わかったから！　好きにしたまえ！」

大きく一歩下がりながら、投げやり気味に叫ぶ。

「はい！　頑張ります！」

鼻息も荒く、ユヅはやる気満々と云った様子だ。

「あっ！」

かと思えば、僕の背後に何か——定めし、ネズミであろう——を発見し、その大きな目を更に見開いた。いつの間にか、涙も引っ込んでいるようだ。

「待ちなさーい！」

そして、そのままドタバタと駆けていってしまった。

「……何《いず》れにせよ、僕には関係のない事だ」

ユヅが何を想《おも》い、何をしようとも。

少々喧《やかま》しいのは気になるが、いつも通り読書でもして過ごすことにしよう。

それから、暫《しば》し。

「待てー！」

――バタバタバタバタ！

「この、観念なさーい！」

――バタバタバタバタ！

「ついに追い詰め……きゃぁ!?」

――バタバタバタバタ！

一体、いつまでやるつもりなんだ……？

先程からずっと走り回っている気がするが、よく体力が保《も》つな……。

「本当に元気な事だ……」

感心半分呆《あき》れ半分の心持ちで、呟《つぶや》きが漏れた。

それにしても、只管《ひたすら》に追いかけ回すだけというのも効率が悪いというか……本当にそんな方法でネズミが退治出来るのだろうか……？

「……そう云えば、蔵書にネズミに関する本があったな」

ふと思いつき、本棚へと歩み寄る。

並ぶ中から、記憶を頼りに一冊の本を取り出した。

「確か……これだ」

「この辺りに記載が……」

大雑把に頁《ページ》を捲《めく》って、概要を把握していく。

「ネズミの生態は……へぇ、そんな特性もあるのか……」

最初は流し読み程度だったのが、いつしか僕はその内容を熟読していた。

そうして、気が付けば半刻《はんとき》程が経過しており。

「ふむ、これなら箒片手に追いかけ回すより余程良いだろう」

一通り読み終えた僕は、妙案を得た。

ユヅに教えてあげよう……と思ったところで、ハッとする。

「こ、これ以上喧しくされては、いい加減読書の邪魔だからな」

……僕は、誰に言い訳しているのだろうな?

なんて己に苦笑しながら、部屋を出た。

――バタバタバタバタ!

「今度こそー！」

ユヅのいる位置を把握するのは、実に容易《たやす》い。

「ユヅ」

「待……あっ、はい？」

未《いま》だ走り回っていたところを呼び止めると、ユヅはこちらを向いて首を傾けた。

「あー……その、なんだ」

切り出し方に、少し悩んだ末。

「この本に、猫いらずの製法について記されている。材料を取り寄せようじゃないか」

僕は、視線を少し外しながらユヅに本を差し出す。

「猫いらず……ネズミを殺すお薬、ですよね？」

だが、ユヅはどうにも浮かない顔つきに見えた。

ふむ……殺鼠剤《さつそざい》の危険性について憂いているのか？

「確かに一部危険な薬品を使うことにはなるけど、取り扱いにさえ気をつければ問題ない。何も、君が自らネズミを追いかけることなどないんだよ」

「あ、いえ……」

違うのか？

ならば、一体何を躊躇《ちゅうちょ》しているというのだろう？

「ネズミといえど、殺生は……避けられるなら避けたいと思っておりまして……」

なんと……あれほど執拗《しつよう》に追いかけておきながら、ネズミにまで慈悲をかけるというのか。殺してしまうのが、一番手っ取り早くて楽だと思うのだが……。

「……ふっ」

「珠彦様？」

ふと自嘲の笑みを浮かべた僕に、ユヅは不思議そうな表情だ。

殺すのが一番手っ取り早くて楽、だと。真っ先にそんな風に考えるのは……僕が、『志磨《しま》』の人間である事の証左なのかもしれないな。

「わかった」

正直僕には理解出来ない感覚ではあるが、ユヅが嫌がるのであれば無理強いはすまい。

「猫いらず以外にも、幾つかネズミの退治方法が書いてあったから。殺すのではなく、『追い出す』方法を試してみようか」

「！」

そう提案すると、シュンとしょげていたユヅの顔にたちまち笑みの花が咲く。

「ありがとう存じます、珠彦様！」

志磨の家にいた頃は、面と向かって礼を云われることなぞなかった。

ユヅは、いつもこうして真っ直ぐに謝意を伝えてくるけれど。

「……別段、礼を言われる程のことではないさ」

それに未だ慣れず、僕は頬を掻《か》きながら目を逸らしてしまうのだった。


それから、僕らは本に記されたネズミの退治の方法を順に試してみることにした。

の、だが……。


「ネズミは刺激物を嫌うと云う事だ。奴《やつ》らの通り道に唐辛子でも置いておけば、嫌がって出ていくかもしれないな」

「なるほど！」

と云うわけで、物は試しにと唐辛子を廊下に置いてみた。

「……ヂュ？」

おっ、早速ネズミのお出ましだ。

さて、どうなるか……。

「ヂュヂュッ……」

「あっ、嫌がってるみたいですよ珠彦様！」

「確かに、唐辛子を見て後ずさりしているね」

ネズミの様子を見て、喜色を浮かべる僕とユヅ。

だが、一瞬の後。

「ヂュッ！」

「んんっ……でも結局、唐辛子のところを避けて走り回っています……！」

「まぁ、確かにそうなるか……」

当然と云えば当然の結果に、落胆することとなる。

「それでは、これなら如何《どう》でしょう！」

と、ユヅは何か思いついた様子で籠《かご》に用意していた唐辛子をいくつか手に取る。

果たして、どうするのか……と思っていれば。

「行き先を、完全に塞いじゃいます！」

唐辛子を、廊下の端から端まで横一列に並べて見せた。

成程、果たしてこれなら……？

「……ヂュ」

道を塞がれたネズミは、考え込むように唐辛子の少し手前で止まった。

そして、少し下がったかと思えば……。

「ヂュゥッ！」

『と、飛んだ!?』

ネズミは、見事……と云うのも妙だが、唐辛子の上を飛び越えてみせた。

「ヂュゥ♪」

そして、こちらを振り返り一鳴きしてから走り去って行く。

何やら僕らを小馬鹿にしたような振る舞いにも見えたが、流石《さすが》に気の所為だよな……？

絶妙に苛立《いらだ》ってしまったが……。

「ま、まだです珠彦様！　廊下一面に敷き詰めれば……！」

「それじゃあ、僕らも通るのに一苦労じゃないか……この方法はやめておこう。すまない、
僕の知識が役に立たなくて……」

「いえ、そのようなことは決して！」

徒労に終わったことで責任を感じる僕を見て、ユヅは慌てた様子で手を横に振る。

「ネズミが唐辛子を嫌がっていたのは確かですし、着物や大切な物の近くには唐辛子を置いておくことにしましょう！」

「……成程、それは良さそうだ」

ユヅの案のおかげで、どうやら完全に徒労で終わらずには済みそうだが……とはいえネズミを追い出すという目的からすれば、唐辛子作戦は失敗に終わったと云えよう。

◇

「慣れない音を嫌がる、とも書いてあったな」

「成程、では……」

僕の言葉に、ユヅは大きく頷き。

「私、歌います！」

そう、力強く宣言した。

「ええ……？　なぜ歌なんだい……？」

てっきり、太鼓でも叩《たた》いてみるのかと思いきや……。

「歌ならいつでもどこでも出来ますし、何より楽しいですっ！」

「そ、そう……なら、僕もこれ以上は何も云うまい……」

やる気満々といった様子でユヅがズズイッと迫ってきて、思わず少し後ずさってしまった。相変わらず、距離が近い……！

「それでは、一曲！」

僕から離れたユヅは、毅然《きぜん》とした表情で背筋を伸ばす。

「月なき　み空ーにー♪　きーらめく光ー♪　ああ、その星影ー♪　希望のすがたー♪人智は果《はて》なし♪　無窮の遠《をち》にー♪　いーざその星影♪　きーはめも行《ゆ》かんー♪」

この歌……『星《ほし》の界《よ》』。小さい頃に母が妹に子守唄《こもりうた》代わりに歌っていた、僕の好きな歌だ。

長らく節しか思い出せなかったのだけれど、以前にユヅが文句と題名を教えてくれた。

ユヅもあの夜の事を覚えてくれていたんだな……などと思っていると、ふいにユヅがこちらを見て微笑《ほほえ》んで。

心臓《しんぞう》が、大きく高鳴るのを自覚する。

「ヂユ？」

「って、おわぁっ!?」

かと思えばすぐ間近からネズミの鳴き声が聞こえ、先程とは別の意味で心臓が跳ねた。

足元に目をやれば、いつの間にやら現れていたネズミがこちらを見上げていた……。

「っ、キャァッ!?」

僕の視線で遅れてユヅもその存在に気付いたらしく、悲鳴を上げながら僕の腕にしがみついてくる。だ、だから距離が近い……！　が、それはそうと……。

「ヂュ」

「ヂュヂュッ」

「ヂュー！」

ネズミは三匹もいて、何やら鳴き声で意思疎通を図っているように思えた。

まさか、ユヅの歌を評しているわけでもあるまいが……。

「……追い出すどころか、むしろネズミが寄ってきていないか？」

「えぇっ!?」

僕の推測に、ユヅは大きく目を見開く。

「な、なぜでしょう……!?」

「……思えば」

僕は、一つの仮説を立ててみた。

「君は日々、歌いながら家事を執り行っていることが多いよね？」

「は……はい」

頷くものの、未だユヅはピンときていない様子だ。

「つまり……ネズミにとって、君の歌は最早《もはや》『慣れた音』になってしまっているんじゃないだろうか？」

「な、成程……！　それは盲点でした……！」

そして、僕の説明に納得の表情となる。

「然すれば……」

次いで何か思いついた様子で、ピュンと台所の方へと駆けていった。

いつもながら、慌ただしい事だ……などと思いながら、待つこと暫し。

「これなら如何でしょう！」

戻って来たユヅの手には、鍋とお玉が。

ユヅは、それを叩いてガンガンガン！　と派手な音を鳴らす。

う、煩《うるさ》いな……だが、これなら確かにネズミも……と、目をやれば。

「ヂュ〜♪」

「ヂュヂュッ♪」

「ヂヂュー♪」

どこかに行くどころか、音に合わせて踊っているようにさえ見えるな……。

否……偶々《たまたま》、というか僕の考えすぎだ……。

『ヂュ～♪』

そう……声を揃《そろ》える奴らがなんだか僕らを舐《な》めているように思えるのも、ネズミ退治が上手《うま》くいかないせいで妙に後ろ向きな考え方をしてしまっているからに違いないのだ。

……矢張り殺鼠剤で一掃したい気持ちが頭を擡《もた》げてしまったのは、事実であるが。

◆

「そう云えば、ユリの花の香りを苦手とするという話もあったよ」

「ユリですか。お庭に植えておけば効果があるかもしれませんね……」

僕の言葉を受け、考え込むような表情で顎《あご》に指を当てるユヅ。

「……よしっ」

次いで、何かを思いついたような表情となり……。

「採取しに、裏の森へと参りましょう！」

と云う運びとなったのだった。

「ユリなんて、そこらに生えているものなのかい……？」

ユヅと共に獣道を征《ゆ》きながら、疑問を呈する。

「はいっ、身近な植物ですよっ！」

他方、ユヅは確信を持っている様子だった。

だが……そのまま歩くこと暫し。

「はぁ……はぁ……まだ見つからないのかい……？」

「もー、珠彦様ったら。まだ幾分《いくぶん》も歩いておりませんよ？」

だいぶ息が上がり始めた僕へと向けられるユヅの視線は、少しだけ呆れ気味だ。

そうは云っても、獣道だから凹凸が凄《すご》いし、時に草木を掻き分ける必要もあるし、気をつけないと頭を木の枝にぶつけるしで、普通に歩くよりずっと疲れるんだよな……。

「珠彦様は、普段からもっとお外に出て運動をされた方が良うございますっ」

「放っておいてくれたまえ……」

学校の授業でもないのに、殊更に運動などしていられるか。

そんな時間があるなら、書物の一つでも読み進めた方が余程有意義だ。

「……ん？」

……そこでふと、僕はこの状況に疑問を抱いた。

よく考えれば、なぜ僕は態々《わざわざ》ユヅに同行しているんだ……？　なんとなく流れで一緒に来てしまったけれど、ユヅだけで問題ないだろう。おかげで、それこそ余分な運動をする羽目に……ハッ!?　まさか、ユヅはこれこそを狙って謀略を巡らせたと云うのか……!?

「あっ、ふきのとう！　こっちには、タラの芽もありますよ！」

僕の疑念を余所《よそ》に、ユヅはピュンと駆けて草むらの前にしゃがみ込んだ。

「おっと、セリも発見しました～！」

などと云いながら、楽しげに山菜を採取している。

「今日、天ぷらにして食べましょうね！」

こちらを振り返ってくるユヅの笑みは、屈託のないものだ。

……思えば僕が自主的についてきただけなのだから、謀略も何もないよな。

「君は、山菜に詳しいのかい？」

少しの罪悪感を胸に、その隣へと並ぶ。

「詳しいと云う程ではないですが、有名どころは一通り把握していますっ！　天ぷら、楽しみにしていてくださいねっ！　美味《おい》しいんですよ～！」

「ふぅん……？」

僕には、どれも似たような草にしか見えないが……。

例えば、これなども食べられるのだろうか……？

「っ！　いけません、珠彦様！」

目についた草へと何気なく手を伸ばしたところ、慌てた様子のユヅに手を摑《つか》まれた。

「漆《うるし》に触れると、かぶれてしまいますよっ！」

「お、おぉなるほど、これが漆なのか……」

漆塗りの椀《わん》などは見慣れているけれど、植物としての漆を見るのは何気に初めてだな……少しだけ感慨深い気分だ。

が、それはそれとして……！

「ユヅ、その……！　もうわかったから、手を……！」

「？」

絶対に漆に触らせまいと僕の腕に固く抱きついているユヅは、不思議そうな顔。どうやら、僕の云いたいことは伝わっていないらしい。

その……この体勢では、感触などが腕にだね……！

「……っ!?」

一瞬の間を空けた後、ユヅはハッとした表情で慌てて手を離した。

漸《よう》く僕の意図が伝わってくれたらしい。

「し、失礼しました……！」

「い、いや、止めてくれて助かったよ……」

ユヅが妙に照れた様子を見せるものだから、僕の方までなんだか気まずい感じになってしまうじゃないか……。

「あ、あっ！　あそこ、ユリが生えてますよ！」

「そ、そうか、それは朗報だ……！」

ユヅの言葉は露骨な話題転換だったが、僕もそれに全力で乗ることにする。

「って、どこにあるんだい……？」

しかしユヅの指差す先にユリの姿を発見出来ず、首を捻《ひね》ることとなった。

「珠彦様、こちらです」

ユヅはトトトッと数歩早足で進んで、少し背の高い草を指した。

「へぇ、これがユリなのか……」

僕の反応は、漆の時と似たようなものだ。

ユリと云えば花の印象しかなかったものだから、ついつい花の姿を探してしまっていたな。この季節、ユリはまだ花を付けていないのか。尤《もつと》も、仮にその知識を予《あらかじ》め持っていたとしても僕には見分けることなど出来なかったろうけれど。

「それでは、掘り返しちゃいましょう！」

と、ユヅは家から持ってきたシャベルを手に「むんっ」と気合いを入れた表情に。

「えっさー！　ほいさー！」

そして、そんな掛け声と共にユリの周囲を掘り返し始めた。

「…………」

僕は、それをただ黙って見守ることしか出来ない。

手伝いたい気持ちはあるけれど、片手では邪魔にしかなるまいしな……。

「ふぅ、これで良し……と」

実際、僕の手など借りずともユヅは手際よくユリの球根を掘り起こしてみせた。

「乾いてしまわないよう手拭いを濡《ぬ》らしてきますので、少し待っていて下さいねっ」

「あっ……」

手拭いを手に川の方へと駆けていくユヅの背に手を伸ばすも、虚《むな》しく空を切るだけ。

それくらい僕が……と思ったけれど、この手では手拭いを絞ることもままならないか。

「ははっ……」

自嘲の笑みが漏れる。

本当に僕は役立たずだな……結局、一緒に来た意味が少しもないじゃないか。

「お待たせしましたー」

などと思っている間に、ユヅが再び戻ってきた。

そして、これまた手際よく球根周辺の土ごと手拭いで包んでいく。

「それでは、戻りましょう！」

「あぁ、うん……」

未だ気分が落ち込み気味の僕は、ユリを抱えたユヅへと曖昧に頷いた。

「？　どうかされましたか？」

そんな僕を見上げ、ユヅは少し首を傾ける。

「いや……」

彼女の瞳が僕の仄暗《ほのぐら》い部分まで見透かしているようで、僕は思わず顔を背けた。

「その……ユリは、僕が持って帰ろう」

それは、誤魔化しながらの単なる思いつきだったけれど。口にしてから、存外悪くない提案に思えてきた。小柄なユヅでは抱える形になってしまうが、僕なら片手で事足りる。

こんな程度で、役に立てたと胸を張るつもりなど微塵《みじん》もないけれど。

「はいっ、それではお願いしますっ！」

ユヅが嬉しそうに頷いてくれたので、一先《ひとま》ず良しとしよう……と、思う。

こうしてユリを持ち帰った後、庭を掘り返して植え替えた僕たち……というか、例によって作業をしていたのはユヅのみだけれど。

「ほーら、お水ですよー。うふふっ、早く大きくなーれ」

その機嫌良さげな顔を眺めているうちに、ふと疑問を覚えた。

「ちなみにこれは、いつ頃に咲くものなんだい？」

「まだ蕾《つぼみ》も付けてませんし、初夏頃かとー」

「初夏か……」

なんとなく、途中からユリの植え替えそのものが目的になっていたが……。

「……なんとも気の長い話だな」

ネズミ退治に使えるかどうかが判明するのさえ、数か月後ということだ。

「……そうですね」

ユヅもその点に思い至ったのか、少し微妙そうな表情となった。

と云った有様で、僕らの策はいずれも上手くいったとは言い難かった。

「ヂュヂュ～♪」

「あっ、またそんなところから！」

そんな僕らを嘲笑《あざわら》うかのように――断じて、気の所為である……！――顔を出すネズミを、結局ユヅが箒を片手に追い回すという原点に立ち返ってしまっている。

……しかし、色々と試しているうちに一つ気付いたことがあった。

「待……きゃっ!?　嫌ぁ、来ないでー!?」

自ら追いかけておきながら、ユヅはネズミの方から近づかれるのを嫌がるようなのだ。

「なぁユヅ、もしかして君……」

そんな姿から、推測するのは難しくない。

「ネズミが苦手なんじゃないのかい？」

「あ、はい、お恥ずかしながら……」

尋ねると、ユヅは少し恥ずかしそうに頬を掻く。

「矢張り、噛みつかれると病気になってしまうかと思うと……近づかれると、恐怖心が先立ってしまうんです……」

その言葉に、嘘《うそ》はないだろう。

だが、だとすれば尚更《なおさら》だ。

「苦手なら、無理に立ち向かう必要なんてないじゃないか。出来もしないネズミ退治に奔走するだなんて、時間も体力も無駄なだけだよ。放っておけばいい」

僕なら、間違いなくそちらを選ぶ。

「……それでも」

ユヅは、言葉を探すかのように左右に一度ずつ視線を流す。

「私、自分でも少し不思議に思うのですけれど」

そして、僕の方を見上げてきた。

「苦手なことでも、今は出来ないことでも」

僕の目を真っ直ぐ見ながら、微笑む。

「珠彦様の為《ため》と思えば、頑張れてしまうのです！」

「っ……!?」

思わぬ言葉に、僕は大きく動揺してしまった。

「な、何なんだそれは」

きっと赤くなっているであろう己の頬を見られるのが恥ずかしく、大きく顔を背ける。

「ふふっ、何なんでしょうね？」

視界の端で、ユヅがおかしそうに笑う様が見て取れた。

まったく……本当に、何だって云うんだ。

ユヅといると、今までにない妙な心臓の高鳴りを感じてしまうことがある。

「それより、次の方法だが……」

それを誤魔化しながら口を開き、はたと疑問を抱いた。

……僕は、なぜこんなにもユヅに協力しているのだろう？

僕は本当に、ネズミなどいようがいまいがどうでもいいと思っている。どうせ、いずれ朽ち果てるまでの終の住処だ。先に住んでいたのはネズミの方……だけど先住者の事など、今まで気に留めたこともなかった。噛まれて病に？　上等じゃないか。そのまま衰えてこのつまらぬ人生を早く終えられるのであれば、むしろ大歓迎だ。

……なのに、なぜだ？　なぜ、僕は未だユヅに協力しようという思いなど抱いているんだ？　今までの僕なら、きっと早い段階で付き合いきれんと見切りを付けていたろう。どんな流れだろうと、ユリ採取に同行などしなかったに違いない。

そう考えた時……ふと頭の中に思い浮かんだ考えがあった。

脳内に、先のユヅの声が蘇《よみがえ》る。

――珠彦様の為と思えば、頑張れてしまうのです！

同じ様に考えるならば……。


ユヅの為を思って、だから？


「っ……！」

途端に気恥ずかしくなり、首を振ってその考えを頭の中から打ち消す。

馬鹿馬鹿しい……なぜ僕が、ユヅの為に頑張らねばならない。まして、ユヅの為ならば頑張れるなどありえない。なにしろ、厭世家のこの僕だぞ？　先程のユヅの言葉に引っ張られて、妄言が浮かんだに過ぎないさ。

「珠彦様？」

先程中途半端なところで言葉を切ったせいだろう、ユヅが不思議そうに見上げてくる。

いかん、別のことに気を取られていたせいで本から得た知識が頭から吹っ飛んでしまっているぞ……!?

「その、なんだ……！　ね、猫でもいれば良かったのだがね！」

咄嗟に、ふと思い浮かんだ事を口に出す。

うむ、悪くない言い訳じゃないか。

「そうですねー、確かに猫ちゃんがいれば良かったのですが……そうそう都合良くいてくれるわけもありませんからねー……」

ユヅも、すっかり誤魔化されてくれたみたいだ。

「ハッ!?」

かと思えば、何かを思いついたような表情となった。

「にゃー！　にゃーにゃー！」

そして、そんな声を上げ始める。

「きゅ、急にどうしたんだい……？」

まさか、猫の霊でも憑《つ》いたわけでもあるまいな？

「猫ちゃんの鳴き真似《まね》です！　天敵の声を聞けばネズミも逃げ出すやもしれません！」

「そ、そう……」

僕には、効果があるようには思えないが……。

「にゃー！　にゃーん！　にゃんにゃーん！」

一方、ユヅはご機嫌に猫の真似を継続中。しかし、鳴き真似だけで良いはずなのになぜ手まで猫を真似るように動かしているのだろうか……。

「……可愛《かわい》いじゃないか」

っ!? い、今のは、猫が可愛いという意味であり、決してユヅが可愛いという意味では……いや、それよりユヅに聞かれていなかっただろうか……!?

「にゃーにゃー!」

ふぅ……良かった、猫の鳴き真似に夢中で気付かれてはいないようだ……。

「珠彦様」

「うわっ!?」

や、矢張り聞かれていたのか!?

「……? どうかされましたか?」

「い、いや、何でも……!」

そういうわけではないみたいだな……無駄に過剰に反応してしまったか。

「それより、どうしたんだい?」

咳《せき》払い一つ、呼びかけられた理由を尋ねる。

「いえ、一向にネズミが出ていく気配が感じられないなぁと思いまして」

「そう……」

僕としては、それはまぁそうだろうとしか思えなかった。

「そこで！」

だが、ユヅにはまだ何か案があるらしい。

「珠彦様も、猫ちゃんの真似をしましょう！」

「……はぁ!?」

な、何を云い出すんだ!?

いや、本当に何を云い出しているんだ……!?

「珠彦様のお声であれば、効果があるかもしれません！」

「そんなわけないだろ!?　誰がやろうと同じだよ！」

「私と一緒に鳴き真似しましょう！」

「い、嫌だ！」

「そう云わず！」

今回のユヅは、なぜか妙にしつこい。

「私、珠彦様の鳴き真似が聞きたいです！」

「目的が変わってないか!?」

「さぁ、さぁさぁさぁ！」

「押しが凄いな……!?」

なぜ、そこまでして僕に鳴き真似をさせたいというのか……！

くっ……致し方なし。

「わかったわかった。やるよ、鳴き真似」

「はいっ！」

少々恥ずかしくはあるが、一度付き合えばユヅも満足することだろう……。

「んんっ」

咳払いし、喉《のど》の調子を整える。

それから、すぅと大きく息を吸い込んで。

「……ンナァーゴ！」

……こんなところか。

「わぁっ、凄い凄い！　珠彦様、お上手です！　本物の猫ちゃんみたい！」

「そ、そうかな……？」

ユヅがパチパチと手を叩いて喜ぶものだから、少し照れてしまう。

こんな事で褒められる日が来るとは……まぁ、悪い気はしないが……。

「それでは、次は手も猫ちゃんの真似をしながらもう一度！」

「それは本格的に意味がないだろう……!?」

「何事も気の持ちようと云うではありませんか！」

「その言葉はそう云う意味ではないと思う！」

などと云うやり取りを交わしていたところ。

――トトトトトトトッ
床下？　から、そんな音が聞こえてきた。

「……ん？　何の音だ？」

「さぁ……？」

ユヅも、不思議そうに首を捻っている。

――トトトトトトトトトトトトッ
その間にも、音は徐々に大きく……というか、増えて？　いく。

「ネズミの足音……でしょうか？　それも、沢山の」

「それらしくも聞こえるが……」

しかし、だとすればなぜか急に多数のネズミが動き始めたということになるが……。

――ドドドドドドドドドドドドド……！

音は、ますます大きくなっていくばかり。

「な、何やら凄い勢いじゃないか……!?」

「これは、まさか……！」

ユヅが、何かに気付いたような表情となる中……。

――ドドドドドドドドドドドドドドドドドドドドドドドドドドドドドッ！

『ヂュウウウウウウウウウウウウウウ!?』

「うわぁっ!?」

「きゃぁ!?」

軒下からネズミの群れが一斉に出て行って、ユヅ共々悲鳴を上げてしまった。

「………………」

「………………」

二人、呆然《ぼうぜん》とすること暫し。

「……珠彦様、やりましたねっ！」

先に我に返ったのは、ユヅの方だった。

「な、何が……？」

僕はわけがわからず、只々問い返す。

「珠彦様の鳴き真似によって、見事家中のネズミを全て追い出したのです！」

「えぇ……？」

まさか、そんな……とは思うものの。

僕の鳴き真似の直後にネズミが群れを成して出ていったのは、紛れもない事実である。

僕には、意外な才能があった……とでも、云うのだろうか……？

「ははっ……」

そう思うと、苦笑も浮かんでくるというものだろう。

「凄い凄い、流石は珠彦様です！」

はしゃいで、パチパチと何度も手を叩くユヅ。

本当に、僕はこの少女が気に喰わない。

僕一人なら、決してこのような奇行に走ることなどなかった。

こんな風に、妙な気恥ずかしさに襲われることもない。

だと云うのに……。

「これで一安心ですっ！」

ユヅの満面の笑みを見ていると、胸になんだか温かさが広がって。

やって良かったな、と思えてしまう。

それは、きっと……嗚呼《ああ》、認めよう。

ユヅの為、だからなのだろう。

まったく……ユヅが来てからと云うもの、随分と変わってしまった。

この家も、僕自身も。

そして……それを悪くないと思っている僕も、いるのだ。

なお、その後。

「きゃっ、またネズミ!?　珠彦様、よろしくお願い致します！」

「……ンナァーゴ！」

ユヅがネズミの姿を見かける度に、僕の鳴き真似が披露されるという状況に陥ってしまった。実際、それで追い払えてしまうのだから質《たち》の悪い冗談のようだ。

なるほど、僕がユヅに協力しようと考えたのは事実。

それは、『ユヅの為』という動機からなのだろう。

だとしても……これはなんだか少し違うのではないかなぁ、などと思ったり思わなかったりする今日この頃である。

そんな日々が暫《しばら》く続いた後の、と或《あ》る昼下がりのことだった。

「そう云えば、最近はネズミを見る頻度が随分と減りましたね」

ふと、ユヅが思い出したかのようにそんなことを口にする。

「云われてみればそんな気がするね」

おかげで、僕の鳴き真似の頻度も随分と減っているじゃないか。

「珠彦様の鳴き真似の機会が減ってしまっています……」

「なぜ少し残念そうなんだい……？」

矢張り、目的が変わっていないか……？

「それはともかく。珠彦様のおかげで、本物の猫ちゃんがいると思われてネズミが寄り付かなくなっているのではないでしょうか？」

「……そうであって欲しいものだね」

そんなに僕の鳴き真似は真に迫っているのかと思うとやや複雑な心持ちではあるが、僕のお役が御免となるなら何でもいい。

――にぁー、にぁー

……んんっ？

「ふふっ、ありがとう存じます珠彦様。今度の鳴き声は随分とお可愛らしいものですね」

ユヅは、どうやら僕がユヅを気遣って鳴き真似を披露したと思っているようだけれど。

「いや、今のは僕じゃないぞ？」

「えっ……？」

僕の返事に、ユヅはパチパチと目を瞬《しばた》かせた。

――にぁー
再びの鳴き声。

矢張り幻聴の類《たぐい》ではなく、確かに聞こえてくる。

『もしかして……』

ユヅと顔を見合わせた後、僕らは声のする方へと向かってみることにした。

――にぁー
すると、辿《たど》り着いたのは僕の部屋だ。

果たして、そっと襖を開けてみれば……。

「にぁー」

僕の座卓の上に我が物顔で居座る猫の姿を見つけることが出来た。

「お前、勝手に入ってきて……」

どうやら、開け放しになっていた窓から入ってきたようだ。

「みぁー」

人馴れしているのか度胸があるのか、僕が近づいても逃げ出す気配はない。

「みゃ」

それどころか、足元にじゃれついてくる始末だ。

「もしかして、ここ最近ネズミを見かけなくなったのはお前のおかげなのかい？」

「みゃー」

何とは無しにその頭を撫《な》でてやりながら尋ねると、そんな声が返ってくるが……果たしてこれは、肯定を示しているのだろうか。

「ふふっ……この子、珠彦様のお声に惹《ひ》かれてやってきたのかも」

「ええ……？」

そんなわけはないだろう、と思う一方……ネズミの時だって、猫の鳴き真似などで退治出来るわけはないだろうと思っていた。或《あ》るいは、僕の鳴き真似が猫を引き寄せるようなこともある……のか？

いずれにせよ、丁度良い。

「よし……お前、この屋敷に居着く許可をやろう」

そうすればもう、僕が鳴き真似を披露せずとも済むようになるのだから……。

「みゃー」

僕を見上げる猫は、どこか惚《とぼ》けた声で鳴く。

「だが、僕の部屋に勝手に入ってはいけないよ？　ここには貴重な本もあるんだから」

「みゃん」

「こら、顔を背けるな」

「みゃーん」

「ちゃんとわかっているのか……？」

「みゃー」

そんなことを云っていると、「ふふっ」とユヅがおかしそうに笑った。

「珠彦様ったら、本当に猫ちゃんと会話しているみたーい！」

「む……」

まったく僕としたことが、猫相手に何をやっているのだか……。

夏

猫ト妹ト

「にぁーん」

「んんっ……？」

頭をてしてしと叩《たた》かれる感覚に、ゆっくりと意識が浮上していく。

「にぁ」

目を開くと、ハル——勝手気ままにやってくる猫に付けた名である——と目が合った。

「またお前……僕の部屋には勝手に入るなと云《い》っているだろう」

「みゃん」

当然と云えば当然だが僕の言葉などどこ吹く風で、ハルはてしてしと僕の頭を叩き続ける。これは、撫《な》でよの合図だ。

「わかったわかった、撫でてやればいいんだろう？」

「にぁー」

喉元《のどもと》を撫でてやると、ハルは心地よさそうに喉を鳴らす。

「お前は本当に人懐っこいなぁ」

むしろ、野生はどこに置いてきたというのか。

「誰にも懐かない猫もザラだと聞くのにな」

何とは無しに呟《つぶや》いた言葉だったけれど、ふと連想して頭に浮かんできた顔があった。

それは、誰にも懐かない猫のような……僕の、妹。

家を追いやられて以来会ってないけれど、今頃どうしているだろうか……まぁ、向こうは僕の顔なぞ見たくもないのかもしれないが……。


……などと、思いを馳《は》せていたからなのだろうか。

それは、その日の昼間のことであった。

「暑い……」

僕は縁側で茹《う》だって、ユヅに団扇《うちわ》で扇《あお》いでもらっていた。

「麦茶でもお持ちしましょうか」

「ん……」

短い僕の返答を受けて、ユヅが立ち上がる。

が、しかし。

「あ……」

「っ!?」

直後にフラリとよろめいて、僕の方に倒れ込んできた。

「すみません……急に立ったら、立ちくらみが……」

「だっ、大丈夫か？」

「やはり私も、暑さに少々やられてますね……」

抱き合うような格好にやや動揺しつつも窺《うかが》ってみれば、ユヅの顔は随分と青い。

「はっ、私ったらっ！」

遅れてこの距離感に気付いたらしく、慌てて立ち上がろうとするユヅ。

「〜〜〜っ」

けれど、すぐにまたフラついて僕の胸へと倒れ込んでくる。

「ムリをするな。別に……ユヅが嫌じゃないのなら、こっ、このままでも……」

「でも右腕《みぎうで》、ケガなさっているのに……」

ユヅは、そう云って気遣ってくれるけれど。

「きっ……君一人くらい……支えられるさ……」

「！」

もたれかかる柱の役割くらい、僕でも熟《こな》してみせよう。

そう思って伝えると、微笑《ほほえ》んだユヅが胸元にもたれかかってきた。

思わずドキリとしてしまうが……柱の役割に徹するのだ……！

僕は柱、僕は柱、僕は柱、柱柱柱はしらはしら……！

「ご・き・げ・ん・よ・う♡」

は……しら？

「っ……！」

今の声……まさかと思って顔を上げれば、果たしてそこに立つのは。

「珠彦《たまひこ》兄様」

誰あろう、我が妹たる志磨《しま》珠子《たまこ》であった。

——首席で入学なさった志磨さん、先日の試験すべて満点ですって
——学年で一人だけですって
——凄《すご》いのねぇ
——背もお高いし目立ちますわよねー

くだらない。
――でもご存知？　算術の先生、志磨さんに泣かされたって
――まぁ怖い
くだらない。
――他にも先輩を泣かせたとか
――やだぁ～！
――さすが、羅刹《らせつ》の家のご令嬢ですわね
くだらないくだらないくだらない！
学校では、程度の低い人たちが程度の低いことを馬鹿みたいに囀《さえず》るばかり。何が高等女学校よ、周りはちっとも優秀なんかじゃなかったわ。授業の内容も程度が低くて、こんなことを毎日繰り返して何の意味があるのかしら。どうせこの後、顔も知らないどこかの御曹司と結婚させられて。子供を産んで、その後はなんとなく生きていくだけなのに。どんなに出来がよくても、私に訪れるのは皆と同じ平凡な人生なのに。
嗚呼《ああ》、地獄だわ。
そんな風に考えると通うのがバカらしくて、学校を休むようになった。
だけど、羅刹《オニ》の棲処《すみか》にいたところで地獄なのは変わらない。

良心の無い長兄、私に興味のない母と下の兄、私をおもちゃのようにもてあそぶ姉。

嗚呼、ほんとにステキな地獄。

だけど……羅刹《オニ》は、地獄でしか暮らせないのだ。

——珠彦みたいな事をするな
暫《しばら》く学校を休んでいたら、お父様に怒られた。

珠彦兄様……そうだわ。

お父様に捨てられてみじめな暮らしをしている珠彦兄様を見に行こう。事故で『母』が死んで兄様の右手が動かなくなった時は、何も感じなかったし涙も出なかったけれど。

今ならきっと、心がスッとするはずだわ。


そう、思って来たのに。

「別に……ユヅが嫌じゃないのなら、こっ、このままでも……」

「でも右腕、ケガなさっているのに……」

「きっ……君一人くらい……支えられるさ……」

えっ？　何？

珠彦兄様に、女の子が寄りかかって？

なぜ……なぜ、兄様は。

笑ってるの？

何なの、その表情は。家を出ていく時は、死人そのものだったっていうのに……それじゃ、まるで……まるで……。


幸せを感じてる、みたいじゃない。


志磨のクセに死人のクセに、なんでそんな幸せそうなのよ。

許せない……許さない！

「ご・き・げ・ん・よ・う♡　珠彦兄様」

思い出させてやらなきゃ。思い知らせてやらなきゃ。

志磨の羅刹が幸せになどなってはいけないって。

「家にいた頃とは違って楽しそうじゃない？　女の子と話せる様になったんだぁ？」

一人だけ地獄を抜け出すなんて、許さないんだから……！

「お前、何しに来た!?」

町で会った人たちにお願いして旅の荷物を屋敷の中へと運んでもらっていると、珠彦兄様が強い口調で尋ねてきた。

「何って……ウチの別荘に遊びに……」

「ここはもう僕の家だ！　勝手に来るなよ！」

むっ……兄様ったら、いきなりそんな云い方しなくてもいいじゃない。

「……死人が何云ってるのよ」

「っ……」

嗤《わら》いながら言い返してやると、すぐに暗い顔になって黙り込んじゃった。良い気味よ。

本当に……良い気味……。

……ふんっ、そんなことより。

「アナタが例の許嫁《いいなずけ》？」

兄様の隣にいる童女がそうだろうかと、話しかけてみる。

「は……はい、夕月《ゆづき》と申します……」

「ふーん、夕月さん……」

お父様も、また随分と幼い子を与えたものね。

これじゃ、結婚なんて随分と先になってしまうでしょうに。

それとも……まさか、珠彦兄様の趣味？　だとすれば引きますわぁ、兄様……。

「大変ね、こんなにお小さいのに。今、尋常《じんじょう》の何年生？」

「じ、尋常〜っ!?」

頭を撫でてあげながら尋ねると、なんだか怒ってしまったみたい。何を怒っているのかしら？　流石《さすが》に、尋常小学校に入学はしている年齢だと思うのだけれど。

なんて思っていると、夕月さんはコホンと咳《せき》払いして笑みを浮かべる。

「私は見ての通り、十四歳の立派な大人の女性ですよっ」

「えーっ!?　十四!?　うっそぉ、とても見えないわっ！」

えっ、本当に？　冗談よね？

「珠子、ユヅは一応お前より年上なんだから少しは敬ってだな……」

……ふーん？

珠彦兄様は、夕月さんの味方をするんだぁ？

「え〜っ？　十二歳の私より小さくてぇー、肩揚《かたあ》げの取れない人を敬うなんて出来ませんわぁ〜」

「十二歳!?」

私の年齢を聞いて、夕月さんは大層驚いたみたい。

それはそうよね、身長だって私の方が八寸くらい高いのだし。

「悔しいけど、ぐうの音も出ません〜！」

言葉通り、悔しげに拳《こぶし》を握って俯《うつむ》く夕月さん。

「もう、ご自分を大人の女性なんて恥ずかしい思い違いしてはいけませんよ、夕月さん」

「……はい」

もう一度頭を撫でてやりながら云うと、小さく頷《うなず》いた。

ふっ……完全勝利ね。

……なのに、なぜかしら。

ちっとも、気分は晴れないわ……。


「……で、なんのつもりでここへ来た」

居間に上げてもらった後、またも珠彦兄様がそんなことを尋ねてきた。

「僕は、もうそっちでは……死んだ事になってるのだろう」

そう云う兄様の顔は、未《いま》だ暗いまま。

私の先の言葉を、気にしてらっしゃるのかしら……？

だとすれば……い、良い気味よっ！

「そうそう！　珠樹《たまき》兄様と珠代《たまよ》姉様の大根芝居、おもしろかったわよ〜！」

「は？」

なんとなくここに来た理由は口にしたくなくて話を逸《そ》らすと、兄様が睨《にら》んできた。

「お見合い相手の同情を引く為《ため》に珠彦兄様の死を悲しんだフリをして……それがワザとらしくてへったくそで……」

「話をそらさないで聞いた事に答えるんだ！」

声を荒らげた兄様に、びくっと身体《からだ》が震えてしまう。

何よ、怒鳴ることないじゃない……。

「……女学校がつまらないからよ」

それから私は、これまでの経緯を語った。

高等女学校に通うのが馬鹿らしく感じて学校を休むようになった事。「珠彦みたいな事をするな」とお父様に怒られて、家出してきた事。

本当は、それだけじゃないけれど……全部を兄様なんかに語ってやる義理はない。

「……安心して、面倒はかけないわ」

そう、面倒をかけるつもりはない。

兄様に何かをして貰《もら》おうだなんて、少しも考えてない。考えるわけがない。

「珠彦兄様に嫌われてるの、知ってますから」

そう口にすると、兄様は驚いたように目を見開いた。

何その顔？　まさか……兄様から好かれていると、私が思っていたとでも？

冗談でしょう……こんな、嫌われて当然の女。


「まったく、珠子には参るな……」

人の負い目につけこんではグサリとくる言葉をなげかける、まさに悪女な我が妹。

早速、ユヅ相手にもやらかしてくれた。

……それにしても。

——安心して、面倒はかけないわ
——珠彦兄様に嫌われてるの、知ってますから
あんなことを云って……。

「にぁーん」

「っと……お前、また来たのか」

例によって何処《どこ》からともなく入り込んできたハルが、僕に擦り寄ってくる。

「まさか、僕を慰めてくれようっていうのかい？」

「みゃん」

いや、違うな……これは、単に撫でよと命じてきているだけだ……。

「お前は自分の気持ちに忠実だな」

珠子だって、こんな風に素直に生きられればきっと今より楽だろうにな……。

「……ふっ、とても僕が云えた義理ではないか」

思わず自嘲してしまう。

僕だって、本当は珠子の事を……。


「珠子さん、今日はご実家からお一人でいらしたのですか？」

客間に案内してもらう途中、夕月さんが馴《な》れ馴れしく話しかけてくる。

「そうに決まっているでしょう、家出なんですから」

「凄いですね、まだ十二歳なのに一人でこんなに遠くまで」

「子供扱いしないでくださる？　さっきも言った通り、客観的に見ればアナタの方がお子様なのですし？」

「あ、あはは、そうかもしれませんが……」

と云うか……何なの？　この人。

さっきあれだけ云われておいて、どうして私に対して普通の態度を続けているのかしら。程度の低い人たちが私へと向ける視線に必ず混じる、怯《おび》えや恐れも感じられない。

「あっ、お荷物お持ちしましょうか？」

「アナタの小さな身体じゃ持てないでしょうに」

「こう見えて私、結構力持ちなんですよ！」

「だとしても、結構です」

「そうですか……」

力こぶを作って見せていた夕月さんが、少しシュンとした様子を見せる。

「…………」

「…………」

それから、少し沈黙が続いて。

「……私、珠子さんが少し羨ましいです」

夕月さんは、今度はそう云って小さく微笑む。

まぁそうでしょうねぇ、私は子供っぽさとは無縁ですもの……なんて思っていたら。

「素敵なお兄様がいらっしゃって」

「はぁ!?」

云うに事欠いて、何それ!?

「珠彦兄様なんて、全然素敵じゃないわ!」

「そ、そんなことはないと思いますが……」

「無駄に図体《ずうたい》が大きいし! 無駄に暗いし! 頼りにならないし! それにそれに……!」

長男みたいに人を喰《く》い物にすることも出来ないクセに、お父様に気に入られようとしている姿が痛々しいったらなかった。そんな姿見たくなかったから、珠子の前からいなくなってほしいとずっと思ってた。

そう思っていたのに……望み通り、兄様は家からいなくなったのに……。

きっと、今の兄様を見ればスッキリとすると思ったのに……。

どうして私は今、全然スッキリしていないんだろう……。

「珠子さん?」

「っ」

夕月さんの声で、思考に沈んでいた意識が浮上する。

「どうかされましたか？」

「別に、何でもございませんわ」

「ですが……なんだか、お辛《つら》そうに見えます」

「……貴女《あなた》の気の所為《せい》です」

夕月さんの心配げな表情が、なんだか妙に癪《しゃく》に障る。

「そうですか……？　なら良いのですが……」

ええ、私は全然辛くなんてないもの。

辛いことなんて、何もありはしないわ。

「…………………」

「…………………」

それから、また少し沈黙が続いて。

「あの、珠子さん」

「何よっ！」

いい加減煩わしくなってきて、少し語気が荒くなった。

にも拘《かかわ》らず、夕月さんは物怖《ものお》じした様子もなく……。

「珠彦様は、きっと珠子さんの事を……」

「夕月さん」

ピシャリと遮ると同時、苛立《いらだ》ちで熱くなりかけていた心が冷えていくのを感じる。

「貴女に何がわかると云うの?」

睨みつけると、夕月さんは真《ま》っ直《す》ぐこちらを見返してきた。

そのまま、見つめ合う形になること数秒。

「……すみません、差し出がましい真似《まね》でした」

「ふんっ……」

丁寧に頭を下げる夕月さんを相手に、鼻を鳴らしてやる。

夕月さんが何を云いかけていたのかくらい、察しは付く。

だけど、そんなことはありえない。

私は、兄様に嫌われていて。

私だって、珠彦兄様なんて大っ嫌いなんだから。

私たち兄妹《きょうだい》は、そういうものなんだから。

「珠子さんは、このお部屋をお使い下さい」

そうこうしているうちに、目的の部屋に着いたみたい。

つい今しがた私から睨まれたばかりだって云うのに、夕月さんはもうすっかりそんなの無かったみたいな笑顔。まったく、どういう神経をしているんだか……。

「となりは私の部屋なので、何かありましたら気軽にお呼びを」

返事をするのも面倒で無視していても、お構いなしにそんなことを言ってくる。

変な人……なんだか不気味ね。

あまり関わらないでおくことにしましょう……。


その日の夜は、酷《ひど》い大雨だった。ゴロゴロとカミナリまで鳴っている。

近くに落ちなければ良いが……などと思っていたら、カッと強い光が暗闇を切り裂き。

——ドォォォォン!!

「ふにゃっ!?」

一瞬だけ遅れて轟音《ごうおん》が鳴り響き、部屋の隅でハルが飛び上がった。

……というかお前、いたのか……いつの間に忍び込んでいたんだ。

「にぁぁん……」

「よしよし……怖かったな」

不安げに擦り寄ってくるハルの頭を撫でてやる。

「……そう云えば昔、珠子もカミナリに怯えて震えてたっけ」

震えるハルを眺めているうち、小さい頃の妹の姿が想起された。

「今頃、怖がってやしないだろうか……」

翻って、今の珠子の姿を思い浮かべてみれば。

——カミナリなど怖がるわけがないでしょう！　失礼な心配しないでくださいまし！

想像上の珠子に怒鳴られた。

「まぁ、もうそんな子供じゃないよな……」


最悪。

最悪最悪最悪最悪最悪最悪最悪最悪最悪最悪最悪最悪最悪最悪最悪最悪！

限界まで我慢していたとはいえ……！　カミナリに驚いたとはいえ……！

この歳《とし》にもなって……！　粗相してしまうだなんて……！

しかも……！　よりにもよって、夕月さんと一緒にいる時にだなんて……！

「びっくりしましたね」

そう云いながら振り返ってきた夕月さんは、大きく目を見開く。

この姿は、なんとも滑稽に映っていることでしょうよ。ええ、笑えばいいじゃない。昼間の仕返しの良い機会でしてよ？　本当に……嗚呼、本当に……。

「っ……」

あまりに自分が情けなくて、涙まで出てきてしまったじゃない……！

「珠子さん！　早く、こっちですっ！」

何を思ったのか、夕月さんはそんな私の手を取って——


翌朝、前日の雨もすっかり止《や》んで青空が広がる中。

それはまさしく、青天の霹靂《へきれき》と呼ぶべき出来事であった。

「ユヅ姉様ぁっ！」

一晩明けてみれば、なぜか珠子がユヅをそんな風に呼んで追い回していたのだ。

「どうぞこの悪い珠子めを叱《しか》って下さいっ！　でないと私は……」

その猫撫で声を聞いていると、なんだかゾワッとしてしまった……。

「どうした、珠子……お前、そんな嬌態《きょうたい》をさらす娘であるまい？」

「兄様にはしないわよ」

どうやら僕に対する態度は変わらないらしく、珠子が僕を見る目はギラリと鋭いものだ。

こう云うのも如何《どう》かと思うが、こちらの方が見慣れていて落ち着くな……。

「ユヅ姉様っ」

他方、矢張りユヅに接する時の珠子は媚《こ》びた声となる。

「珠子は感動したんです。あんな事してしまった恥ずかしい珠子をっ……責めるどころか、慰めてくれた……嬉《うれ》しかったんです……」

一体何をしたんだ、こいつは……。


前夜の事を思い出すと、顔から火が出てしまいそう。

けれど、おかげでユヅ姉様の事を知ることが出来た。

私の事を笑うどころか、お風呂場に連れて行き……雨の中、外に出てお湯まで沸かして下すって。ぐずぐずといつまでも泣き止まない私の髪を梳《す》いて、一緒に寝てくれて……それにそれに、私が「姉様」と呼んだら「うれしいです♡」って！

嗚呼……私の人生で初めて甘えさせてくれた、優しい姉様。

色々と酷い事をした私にまで、惜しみなくその優しさを注いで下すって……人間は損か得かでしか動かないんだっていう私の……『志磨』の価値観が、一晩でぶち壊された気分。

なんだか、とっても爽快だわ。

うふふっ、今日はずぅっとユヅ姉様のお傍《そば》にいようっと！

……なんて、思った矢先のことだった。

どさっ、と。

ユヅ姉様が倒れていく様が、妙にゆっくりと目に映る。

「ユヅ……？」

珠彦兄様の呆《ほう》けた声で、同じく呆けていた私は我に返ることが出来た。

「ユヅ姉様！」

倒れ伏したユヅ姉様を、慌てて抱き起こす。

「しっかりあそばせ！」

私の声にも反応せず、ユヅ姉様は荒い息を吐くのみ。

「なんてひどい熱……」

額《ひたい》に触れてみると……火傷《やけど》してしまうかと思うくらいの熱さじゃない！

「ふんっ！」

気付けば、私は気合いの声と共にユヅ姉様を抱き上げていた。

「ユヅ姉様……珠子がお布団《ふとん》へ連れてってあげますよっ！」


そこからの一日は、これまでの人生で最も慌ただしく動き回ったかもしれない。

ユヅ姉様を布団に寝かせ、医者を呼びに行って……それにしても、あの医者には腹が立ったわ！　まるで、兄様とユヅ姉様の間に疚《やま》しいことでもあるような物言いをして……！

って、今はあんな医者のことなんてどうでもいいわ！

「ユヅ姉様のお世話してくる」

「あ……珠子！」

ユヅ姉様の寝ている部屋に向かおうとしたところで、兄様が私の袖を引いて止めた。

「ユヅを……頼む」

そして、真っ直ぐに私の目を見ながらそんなことを云ってくる。

兄様が、私に「頼む」だなんて……そんなの、まるで普通の……。

「い……云われなくてもわかってるわっ。何よ急にっ」

兄様の手を振り払って、今度こそユヅ姉様の部屋へと向かう。

なんだか、妙に照れくさいじゃない……いえ、今はそんなことよりユヅ姉様よ！

「ユヅ姉様～……？」

まだ眠ってらっしゃると思うから、襖《ふすま》を開けながらの呼びかけは小声で。

「珠子さん……？」

「ご、ごめんなさいっ！　起こしてしまいましたか!?」

薄《う》っすらと目を開けるユヅ姉様の元に、慌てて近寄る。

「いえ、先程目覚めまして……」

「そうでしたか……」

それなら良かったけれど……。

「ユヅ姉様、ご気分は如何《いかが》です？」

「はい……お陰様で、随分と、良くなりました……」

そう仰《おつしや》るユヅ姉様だけれど、まだ意識は朦朧《もうろう》としていらっしゃるご様子。

「今、額の手拭いを換えて差し上げますね」

「はい……ありがとう存じます……」

ユヅ姉様の額から手拭いを取り上げると、随分と温《ぬる》くなっていた。

傍らに用意してある桶《おけ》に手拭いを浸し、固く絞ってもう一度ユヅ姉様の額に載せる。

「ひんやりとして、気持ちいいですぅ……」

言葉通り心地よさそうに、ユヅ姉様は小さく微笑んだ。

「お医者様が出して下すったお薬があるのですが、飲めそうですか？」

「はい、大丈夫です……」

「本当ですか……？　ご無理はなさらないでくださいね？」

「ふふっ、心配しすぎですよぉ……」

だって……ユヅ姉様、今でも凄く苦しそうなんだもの……。

「それでは、少しお身体を起こしますね」

「はい……」

それでも薬を飲めるなら飲んだ方が良いでしょうと、ユヅ姉様の背中に腕を回してそっと抱き起こす。こうしてみると、本当に小さなお身体なんだと改めて実感出来た。なのに、珠彦兄様の為に……そして私の為に、あんなに色々としてくれるだなんて。優しさは、身体の大きさには比例しないのね。

「お口を開けてくださいまし」

「んぁ……」

「お薬を流し入れますね」

「ぁぃ……」

「ふふっ、お口を開けている間のお返事は結構ですよ」

そのまま喋《しゃべ》ろうとするユヅ姉様がなんだか可愛《かわい》くて、少し笑ってしまった。

なんて、笑っている場合ではないわ。喉の方に行ってしまわないよう、慎重に粉薬をユヅ姉様のお口の中に投じていき……苦かったのか、少しだけユヅ姉様が眉根《まゆね》を寄せる。

「それでは、お水を」

全てお口に投入し終えたところで、水を入れた湯呑《ゆのみ》をユヅ姉様の口に当てる。

ゆっくりと傾けていくと、ユヅ姉様の喉がコクンコクンと動いた。

「飲み終えましたか？」

ユヅ姉様が小さく頭を上下させたところで、湯呑を離す。

「ふぅ……身体が楽になってきましたぁ……」

「なら、良かったです」

実際のところは、そんなにすぐに効き始めるものじゃない。とはいえ、病も気からと申します。私は否定せず、表情を緩めたユヅ姉様に微笑んで返した。

「ありがとう存じます、珠子さん……」

「いえ、このくらいお安いご用ですわっ」

本当に……このくらいしか出来ない自分がもどかしい。

「……ユヅ姉様、ごめんなさい」

「……？」

脈絡なく謝ってしまったせいで、ユヅ姉様は不思議そうなお顔。

「私のせいですよね……昨晩、ユヅ姉様を起こして……雨の中でお風呂まで焚《た》かせてしまって……私のせいで、ユヅ姉様が……」

私の言葉に一瞬理解が及ばなかったのか、ユヅ姉様はパチクリと目を瞬《しばたた》かせる。

「ふふっ」

それから、小さく笑った。

「珠子さん、少し頭をこちらに傾けていただけますか……？」

「は、はいっ」

掠《かす》れ気味の声でそう云われ、私は素早く頭を下げる。

すると、ユヅ姉様は布団から手を伸ばして……。

「珠子さんのせいではは、ないですよ」

ゆっくりと、私の頭を撫でてくれた。

「私がしたいと思ったから、しただけのことです……」

「ですが……」

「それに、元々暑さにやられ気味だったのです……きっと、あの出来事がなくとも私は風《か》邪《ぜ》を引いていましたよ……今日はそういう日だった、というだけ……」

「そんなことは……」

「珠子さん」

私の言葉を遮って、ユヅ姉様は穏やかに微笑む。

「私は、珠子さんが気に病んでいるより、笑顔でいてくれた方が嬉しいです……」

「ユヅ姉様……」

……狡《ずる》いわ、そんな云い方。

そう思う間にも、ユヅ姉様は私の頭を撫でてくれて……こんな風に誰かから優しく撫でられたことなんて、ないはずなのに……なぜだか、遠い遠い記憶が呼び起こされるようで……なんだか、泣きそうになってしまった。

いけないいけない、泣くんじゃなくて……。

「わかりました、もう気に病むのはやめますっ」

「はいっ……」

微笑む私に、ユヅ姉様も微笑みを深めて下さる。

「安心してください……私、すぐに元気になっちゃいますから……」

「はいっ……！　珠子の看病で、すぐに元気にして差し上げますわ！」

そうね……ユヅ姉様を見習って、私も前向きにならないと！


昨日は付きっきりでユヅ姉様を看病して、夜には疲れてお風呂でうたた寝してしまったくらい。布団に入った後も、すっかり寝こけてしまったわ……って、もうお昼じゃない！

今日もユヅ姉様の看病をしないといけないって云うのに！

「おはようございます、珠子さんっ」

「ユヅ姉様!?」

慌てて部屋を出たところで当のユヅ姉様と出くわし、思わず驚きの声が出た。

「もう起きて平気なんですの……!?」

「ええ、もうケロリと治りましたよ」

「い、いえ、矢張りいけません！　大事をとってもう一日寝てらっしゃいませんと！」

元気な笑みを浮かべるユヅ姉様だけれど、安堵《あんど》より心配が先立つ。

「仮に起きているとしても、絶対に無理はしないように……」

「ふっ……うふふっ……！」

オロオロしてしまう私を見て、ユヅ姉様はおかしそうに笑った。

「どうかされまして……？」

「だって珠子さんったら、珠彦様と全く同じ事を云うんですもの」

「に、兄様とっ……!?」

それは、何と云うか……不覚というか、妙に気恥ずかしいというか……。

「珠子さん。手厚い看病の程、ありがとう存じます」

「あれくらい、なんてこともありませんわ」

ユヅ姉様からのお礼は、素直に嬉しいけれど。本当に、私に出来たのなんて些細《ささい》な事くらいで……こんなに悔しい気持ちになったのは、初めてかもしれない。私に医学の知識さえあれば、あんな藪医者《やぶいしゃ》に頼らずとも私がユヅ姉様を治療出来たのに……。

「一晩で完治出来たのは、珠子さんの献身的な看病があってこそですっ」

「献身的……？」

この、私が？

そんなの、志磨《オニ》に一番似合わない言葉。

……だけど、云われてみれば。

ユヅ姉様が倒れた時、気が付けば抱き上げていた。

その後も、必死で看病して……そう。

「苦しんでいるユヅ姉様を見ていたら、助けたい一心でこの体が動いてしまったのですわ」

そして今、元気なユヅ姉様のお姿を見て心から安堵している自分がいる。

他人なんてどうでもいい、他人の為に何かするなんてバカらしい。そんな考えで十二年生きてきたと云うのに……嗚呼、成程そうなのね。


これがきっと、ユヅ姉様の見ている世界。

その片鱗《へんりん》だけでも垣間《かいま》見る事が出来たのなら。

ユヅ姉様と、少しでも同じ事が出来たというのなら。

なんと喜ばしいことでしょう。

そうだわ、私もユヅ姉様のように――

「ユヅ姉様、珠彦兄様」

朝餉《あさげ》の席で、珠子がそう切り出してくる。

「急な話ですが、私明日帰らせていただきます」

「えっ……？」

本当に急だな……まぁ、来たのも急だったが……。

などと思っていた僕は、次の言葉に驚愕《きょうがく》することとなる。

「私、お医者様になろうと思いまして♡」

「…………えっ？」

一瞬、何を云っているのかわからなかった程だ。

それから、珠子はいくつかのことを説明した。

この後、神戸《こうべ》で病院をやっている叔父《おじ》のところに行くらしい。志磨のご令嬢に医者の肩書が付けば政略結婚のこの上ないエサになるがゆえ、自分の利益になるモノに関しては寛大な父も快諾するだろうと。

「それでは支度がございますゆえ、失礼致しますすネ」

「珠子……」

云うだけ云って、珠子は客間に戻ってしまった。

急に医者になるだなんて、一体何があったと云うんだ……ユヅとの件と云い、今回の珠子の訪問はわからないことだらけだな……。

そもそも、志磨《ぼくら》が医者だなんて……。

……とはいえ。

珠子が決めたことだ。僕が口を出すことでもあるまい。

きっと、珠子も僕に干渉なんてされたくないだろうし……。

「……仕方ない、放っておくか」

そうするのが一番だろう。

「大丈夫、いつもの事……」

そう、きっと珠子のいつもの気まぐれ……と、ユヅに説明しようとしたのだけれど。

「…………」

ユヅは、何かを訴えかけるような目で僕を見上げてくる。

「…………」

……そうだね。
今まで、ずっとそうしてきた。お互い干渉せず、深く関わらず。
そんなことを繰り返してきたからこそ、僕らはこんな兄妹関係になってしまった。
今更になってそれを変えられるものなのかは、わからないけれど……踏み出すべきは、
矢張り兄である僕の方に違いない。

その夜。

なんとなく縁側に座って涼んでいると、珠彦兄様がやってきて隣に座った。

「……珠子」

「……はい？」

「色々云いたい事があったが、云いたい事だけ云う事にした」

「……なんです？」

本当に、何だっていうんでしょう。

こちらは、兄様と話すような心持ちではないと云うのに……。

「あ……ありがとう……」

「はァ？」

急にお礼など口にした兄様を、思いっきり睨み付ける。

一体、何の妄言だと云うの？

「いや……ほら、ユヅの看病してくれたろ？　あの時、珠子がいてくれて本当に助かったからさ……」

「あぁ……」

それならそうと、最初から仰いな。まったく、珠彦兄様は昔からこういうところがあるわよね……言葉が足りないというか、話し方が下手《へた》くそというか……。

何にせよ。

「ユヅ姉様の為ですもの、兄様に感謝される筋合はございません」

「そう……なんだけどさ」

顔を背けながら返すと、兄様は小さく呟く。

「………………」

「………………」

そして訪れる、沈黙。

用が済んだなら、さっさと何処かに行きなさいよ……。

「な……何故《なにゆえ》、急に医者を志そうと思ったんだ？」

妙に気遣わしげな珠彦兄様の言葉に、表情に、堪《たま》らなく苛ついた。

「なんなのですか、さっきからっ！　私の事なぞどうでもよろしいでしょう！」

嫌いな妹と、態々《わざわざ》話すことなんてないでしょう。

「放っておいて下さいませ！」

今まで、ずぅっとそうだったように。

「……じゃあ」

それでも珠彦兄様は立ち去ることなく、再び口を開く。

「如何して僕のとこへ来たんだよ。珠代姉さんのとこ、叔父さんのとこ、行くとこは他にもあったはずだろう？」

「それは……」

答えに窮して、私に出来たのは己の手をただ強く握ることくらい。

だって……今の珠彦兄様の顔を見れば心がスッとするだろう、なんて自分自身にも言い訳してきたけれど……本当は……。

「僕がお前と本当に血の繋《つな》がった兄妹だから、ここに来たんだろ？」

「……!!」

どこかに行ってしまいたいと思った時、真っ先に浮かんだのが珠彦兄様の顔だった……

只《ただ》、それだけ。只、珠彦兄様に会いたいと思っただけなんだから。

「僕がお前の立場なら、きっと同じ事をする。わかるよ」

知った風な口を利かないで……とは、云えなかった。

きっと、それは珠彦兄様の本心からの言葉だから。

私は……私たちは。本当はお互い、この世で一番強い絆を感じている相手だから。

「僕がお前を嫌いだって思っている様だけど……それはお前の思い込みだぞ」

そう……これも、自分への言い訳としてそう思い込もうとしていただけ。

素直に、なれなかっただけ。

「あの兄弟の中なら、一番大事なのはお前だよ」

「〜〜〜〜!」

この兄は、何を恥ずかしげもなく……!

「なんなのですかもうっ、いいかげんに……!」

「そう云えばお前が生まれた時、嬉しかったなぁ」

「……っ」

畳み掛けてきますわねぇっ……!?

「今はこんなに怖い妹だけど」

「一言余計ですっ！」

まったく……そんな風に云われては、素直に口に出来なくなってしまうじゃないの。

私だって、本当は珠彦兄様の事……。


「みゃん」

「はいはい、わかっているよ」

相も変わらず率直に催促してくるハルの頭を撫でながら。

「……珠子の医者になるという決意、固いものだったな」

そう漏らしてしまったのは、猫にでも聞いて欲しいと思っているからなのだろうか。

「人を助ける方の人間に、なりたいのだと」

あの後、珠子は医者になりたい理由をそう説明してくれた。

ユヅの看病の時、『してあげたいと思ったら体が動いてしまう』と云うユヅと同じ動機で自分が動いていたことに気付き……己《おの》が内にも、そのような心があったと知ったのだと。

だからユヅと同じ、人を助ける方の人間になりたいのだと。

珠子の心変わりに、僕は大きく驚いた。

「立派なことだ……ちゃんと目標を定めて前に進んでいて、本当に凄い」

そして、心からそう思う。

「この家で停滞したままの僕とは大違いだ」

思わず、自嘲の笑みが漏れた。

「きっと、凄く不安だろうに」

能力という点で云えば、珠子は間違いなく医者になれる事だろう。あの子は、僕たち兄弟の中でも一番出来が良い。

だが……僕らは、志磨の人間。

人を踏み台にし、喰い物にしてきた羅刹の一族だ。

珠子の不安は、きっと僕が一番良く理解出来ると思う。

「何か……僕に、してやれることはないんだろうか？」

無駄だと知りつつ、ハルに問いかけてみる。

「にぁ？」

ハルは、不思議そうに首を捻《ひね》るのみ。

「ははっ……わかるわけないよな……」

僕は、何をやっているのだか……。


ユヅ姉様のご提案で、最後の夜は三人一緒で寝ることになった。

「ユヅ姉様のお隣で眠れるだなんて、珠子幸せです！」

「私も、珠子さんとご一緒出来て嬉しいです」

「手を繋いでもよろしいですかっ？」

「ええ、もちろんっ」

「珠彦兄様も……まぁ、隣にいるくらいは良くってよ……！」

「それはどうも……」

そんなやり取りを交わして……最初のうちは、本当に浮かれた気持ちだったのだけど。

暗闇の中で目を瞑《つむ》っているうちに、どんどん不安が膨らんできた。

私は、本当にお医者様になんてなれるのか……志磨《わたし》が、本当に人を助ける方の人間になんてなれるのか。過ぎたる夢を抱いているだけなんじゃないか……そんな考えばかりがグルグルと頭の中に浮かんできて、ちっとも眠れそうにない。

……と、そんな時。

「……珠子?」

聞こえるか聞こえないかくらいの、兄様の小さな声が聞こえた気がした。

「……眠れたのか。なら良かったが」

気の所為かと思って返事をしないでいると、声に少しだけ安堵の色が混じる。

兄様にも、私の不安が見抜かれているのね……なんて、思っていると。

兄様が起き上がる気配が感じられて……大きな手が、私の頭を撫でた。

「珠子なら大丈夫。きっと立派な医者になるよ」

……珠彦兄様。

「……僕に足りなかったのは、こう云う思いやりなんだね。もっと早くわかっていれば、兄妹仲も良く此《こ》の上無かったろうに」

そう……かもしれませんわね。何かが違えば……私も、もっと素直に気持ちを口に出していれば……今とは違った、兄妹の形になっていたのかもしれません。

いいえ……それはきっと、今からでも……。

「……何をしているんだ僕は……寝ようっ」

ふふっ、自分からやっておいて照れるだなんて……兄様らしいわね。

私が眠っている時じゃないと頭を撫でる事も出来ない不器用な方……だけど。

先の言葉は、手は、とても優しく感じられて。ユヅ姉様と云い珠彦兄様と云い、なんだか私を子供扱いしてるみたいで……今までの私だったら、きっと怒っていたと思うのに。

さっきまで重く伸《の》し掛かってくるようだった胸の不安はいつの間にかとても小さく萎《しぼ》んでいて、私の意識はゆっくりと夢の世界へと落ちていった。


なんだか……柄にもないことをしてしまったな。

眠っている珠子の頭を撫でたところで、何が変わるわけでもないというのに……いやしかし、起きている時に撫でたりしようものなら烈火の如《ごと》く怒るだろうしなぁ……。

翌朝。

「にぁーん」

旅支度を終えた私の足元に、どこからともなくやってきた猫が擦り寄ってきた。

「この子、兄様が飼ってらっしゃるの？」

しゃがみ込んで指を差し出してやると、猫がじゃれついてくる。

「飼っているというか……勝手に入ってくるから、餌をやったりはしている」

「へぇ？　野良の割には随分と人懐っこいのね」

「最初からそんな感じだったよ」

初めて会う私に対しても、全く警戒心はないみたい。

「みゃん」

と、猫は何かを訴えかけるように私の顔を見上げ鳴き声を上げる。

「それは、頭を撫でよの合図だ」

「ふふっ……そうですのね」

兄様が真顔で云うものだから、思わず笑ってしまった。

まるで、猫の言葉がわかっているみたいじゃない。

「おー、よしよし」

そうしているうち、ふと思いついたイタズラ。

猫の頭を撫でながら……兄様に向けて、ニマァッと笑って見せる。

「な、なんだよその顔は……」

兄様は、不気味そうな表情で一寸《ちょっと》後ずさった。

ふふっ……やっぱり、昨日私が起きていた事には全然気付いてないみたい。

そうね、別れ際にでもバラしてやりましょう。兄様の赤くなる顔を見るのが、今から楽しみだわ。自分だけ、ユヅ姉様という天国を手に入れていた罰なんだから。

……だけど。

私も、もう地獄には戻らない。

私が生きるのは、地獄でも天国でもない。

私は現世で、お医者様に……人を助ける、人間になるんだから。

大丈夫と云って下さったそのお言葉……信じておりますわよ、珠彦兄様！

秋

赤イ果実ヘノ意識

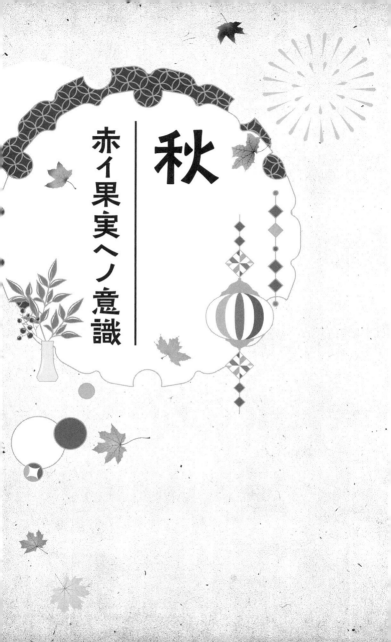

それは、と或《あ》る晩秋の日のことです。

「あぁっ！　珠彦《たまひこ》様ったら、またトマト残してー！」

「むっ……」

食卓にトマトを残したまま立ち上がろうとされたところを呼び止めれば、珠彦様は大きく眉根《まゆね》を寄せました。

「珠彦様、トマトはとても身体《からだ》に良いのですよ！　栄養たっぷりです！」

「僕は生まれてこのかたトマトを口にしてないがこんなに大きくなれた。だから食べない」

珠彦様は、力説する私からプイと顔を背けてしまいます。

「お塩を振って食べると、とても美味《おい》しいですし！」

云《い》いながら、私は自分の皿に載ったトマトにお塩を一摘《ひとつま》み。

「んんっ……！　お塩によって甘みが引き立ち、トマトの酸味とよく合いますっ！」

「美味しくとも食べない」

実際に食べてお味を伝えてみても、糠《ぬか》に釘《くぎ》といったご様子。

口を引き結ぶ様からは、絶対に食べないぞというご意志が感じられました。

むぅ、なぜこんなにも頑《かたく》なでいらっしゃるのでしょう……。

「では、僕は部屋に戻る」

「あっ……もう」

まだお話は終わっていませんのに、珠彦様はそそくさと立ち去ってしまいます。

「トマト、今日も召し上がっていただけなかったなぁ……」

実は、こんな光景は今日が初めてのことではありません。先程の言葉通り、珠彦様はこれまで一度もトマトを召し上がっていないのです。

ですが、矢張り好き嫌いはよろしくありません。

私が、なんとしてでも珠彦様にトマトを味わわせてみせましょう！

◇

そうして、私の試行錯誤の日々が始まりました。

ですが……。

「珠彦様、今回は薄く切ってみましたっ！　これなら食べやすいでしょう！」

「食べやすくとも、食べない」

食感を変えてみれば如何《どう》かと思いましたが、食べていただけませんでした。

「今度は蜂蜜をかけてみました！　トマトの酸味と蜂蜜の甘みが良く合いますのよ！」

「良く合ったところで、食べない」

味に変化を加えてみても、そもそも食べていただけないのでは無意味です。

「丸焼きなら如何ですっ？　甘みがギュッと濃縮されるんですよ！」

「濃縮されていても、食べない」

生で食べるのがお嫌なのかと思えば、そんなこともないご様子。

「珠彦様！　はい、あーん！」

「っ!?　そ、そんなことをされても食べない！」

もしやこれならと思いましたが、これでも駄目なようです。

そんなある日。

「どうですっ？　皮を半分剝《む》いてお花の形にしてみました！」

今度は、一寸《ちょっと》した飾り切りで彩りを加えてはどうか……と、思ったのですが……。

「うっ……」

トマトを目にした瞬間、珠彦様はこれまで以上に大きく顔を顰《しか》めます。

「それでは、花というよりも……まるで、解剖された――のようじゃないか……」

「えっ……？　今、何と……？」

解剖された……？　何のようだ、と仰《おっしゃ》ったのでしょう……？

お声が小さく、そこだけが聞き取れませんでした。

「……いや」

少しだけ間を空け、珠彦様はどこか気を取り直すかのように首を横に振りました。

「どんな形だろうが、食べない」

結局のところ、いつもと同じ結論になってしまったけれど。

「……？」

どうにも、今まで以上に珠彦様の反応が悪かったような……見たくもないとばかりに目を背けてらっしゃいますが、どうされたのでしょう……？

……いずれにせよ、ハッキリとわかっていることは。

今回も失敗のようです……。

と、色々と試してはみましたが。

どうにも、調理の工夫によって召し上がっていただくのは難しいように思われました。

そこで私、一計を案じることと致します。

「珠彦様、山のお花畑を見に行きませんかっ？」

「花畑……？」

私の提案に、珠彦様は一瞬パチクリと目を瞬《しばた》かせます。

「あぁ、構わないとも」

けれど、すぐにそう云いながら口元を緩めて下さりました。

「また一緒に行こう、と云っていたものね」

それから、少し照れたような表情でそう続けます。

「はいっ！」

小さいお稲荷《いなり》様を見に行った時のことを覚えていて下さった事が嬉《うれ》しくて、私の頬《ほお》も自然と綻びました。あの時「また一緒に来ましょうね」と云った私に珠彦様はぶっきらぼうに頷《うなず》かれただけでしたが、こう云う誠実なところが珠彦様らしいと思います。

私は、珠彦様のそんな誠実さが……。

「ユヅ？　僕の顔に何か付いているかい……？」

「あっ、いえ！　何でもないですっ！」

いつの間にか珠彦様のお顔をボーッと眺めてしまっていた私は、慌てて首を横に振りました。いけないいけない、見惚《みと》れている場合ではございません。

「それでは私、お弁当を拵《こしら》えますね！　あのお花畑で一緒に食べましょう！　前回行ったのは春頃でしたから、きっと様相も一変してますよっ！」

「うん、そうだろうね」

幸いにして、珠彦様も前向きでいらっしゃるようです。

これにて、『作戦』の第一段階は成功と云えましょう……！

「珠彦様、今回はこっちへ参りましょう」

いつかのように、私が先導して山道を歩きます。

「以前に通ったのとは違う道を行くんだね？」

「はいっ。実は今回、もう一つお見せしたいものがございまして」

「へえ……？」

珠彦様は僅《わず》かに片眉を上げるだけで、それ以上の言及はありませんでした。

きっと、見てのお楽しみという私の気持ちを汲《く》んで下さっているのでしょう。

「矢張り、この辺りも随分と様変わりして見えるね」

ゆったりと歩きながら、周囲を見渡し目を細める珠彦様。

「はい、もうすっかり秋の色ですね」

私も、紅《あか》く染まった楓《かえで》の葉を見上げます。

「うん。だけどきっと、それだけではなく……」

と、珠彦様は小さく微笑《ほほえ》みました。

「……あの頃とは、僕の心持ちも幾分異なっているからだろうね」

どこか遠い処《ところ》を見るようなその目に、以前の事が思い出されます。

初めて一緒にこの山を登った時は、珠彦様を事故で長殤《ちょうしょう》した事にする旨が記された手紙が来た直後でした。あの時の珠彦様は大層お辛《つら》そうで、見ていられなくて……いくらかでも気分が前向きになればと、山へのお散歩をご提案したのです。

あれから、およそ半年。勿論《もちろん》、未《いま》だ珠彦様のお心には大きな大きな傷が残っているのでしょう。きっと今でも、とてもお辛いのでしょう。

それでも、今の珠彦様の表情はあの頃より随分と柔らかくなったように見えます。少しでも前向きな気持ちになれていらっしゃるのなら……心より、嬉しく思います。

「君の……かげ……よ」

「えっ……？」

吹いてきた少し強い風に溶け込んで、珠彦様の呟《つぶや》きはよく聞き取れませんでした。

「珠彦様、今何と？」

「な、何でもないっ！」

聞き返すと、なぜか珠彦様は少し紅くなったお顔を大きく背けます。

「気になるではないですかー！」

「い、いや……」

正面に回り込んで半歩程迫ると、珠彦様は上体を軽く反らしました。

「君の頭の上に楓の葉が載ってるよ、と云ったんだ！」

それから、一歩下がりながら私の頭の上に手をやります。

再び引かれたその手には、確かに紅い葉が載っていました。

むぅ、なんだか誤魔化《ごまか》されてしまったような気がしますが……。

「それよりほら、早く行こうじゃないか」

珠彦様はそう云って、歩みを再開させてしまいました。

あまりしつこく尋ねるのも如何かと思い、私もこの話はここまでとしましょう。

「そう云えば珠彦様、今度は息を切らせてらっしゃいませんね」

「ん？　そう云えばそうだな……」

それからふと尋ねると、珠彦様も今になってその事に気付かれたようでした。

「少しは体力もついたと云うことか」

「良いことでございますねっ」

実際、珠彦様はずぅっとお布団《ふとん》に籠もられていた頃に比べれば随分と積極的に外出などされるようになりました。きっと、日々体力を取り戻されているのでしょう。私が来た頃の珠彦様は、本当に病人のようでしたから……。

「君に引っ張り回されたおかげだな」

「ひ、引っ張り回してなど……」

少しもない、とは云い切れませんけれど。もしも私の存在が珠彦様の健康に寄与しているというのなら……私は、それをむしろ誇りに思いましょう！

「そうですね……では、今日も引っ張り回してあげますっ！」

「っ!?」

そう思って珠彦様の手を握ると、珠彦様は虚を衝《つ》かれたかのような表情に。

「……うん、頼むよ」

けれど、少し紅くなったお顔でそう云って……私の手を握り返して下さります。

初めてこの山に来た時は、私が一方的に握っただけでした。

あの時よりもしっかりと繋《つな》がった手が、私たちの縮まった距離を示しているように思えて……私は、手の力を少しだけ強めるのでした。


「…………………」

「…………………」

それから、私たちは手を繋いだまま暫《しば》し無言で歩きました。

も、勿論手を繋げたのは嬉しいのですけれど、少々照れくさくもありますね……！

「あっ、見えてきましたよっ」

ですので、目的地への到着は残念半分ホッとした気持ち半分と云ったところでした。

「へぇ、湖か」

珠彦様もどこかホッとされたご様子で、感心の声を上げます。

「今日のように晴れた日にはあそこの浮き島と空が綺麗《きれい》に水面《みなも》に映って、まるで映し鏡のようで大層美しいのです！　……が」

ここで一つ、誤算が生じました。

「……今は、紅葉《もみじ》で水面が覆われちゃってますね」

散った紅葉で、湖一面が埋まってしまっているではありませんか……！

これは、私の考えが足りませんでした……！

「……夕月《ゆうづき》」

「はい？　何でございましょう？」

自省していたところで呼びかけられ、珠彦様の方に視線を向けます。

「あぁいや、すまない。君を呼んだわけではなくて」

珠彦様の目は、湖の方に向けられたままでした。

「あの浮き島、三日月の形をしているだろう？」

「はい、そうですね」

「真っ赤な夕焼けの中に昇り始めた三日月……夕月のようだ、とふと思ったんだ」

「！　なるほど……！」

そのお言葉に、私は己の視野の狭さを知りました。

云われて見てみれば……確かに、これは夕月です！

「流石《さすが》は珠彦様、ご慧眼《けいがん》です！」

「い、いや、ふと思っただけだから……大げさだよ」

尊敬の眼差《まなざ》しを向けると、珠彦様は照れたように頬を掻《か》きます。

「そうだ、提案があるんだけど」

次いで、そう云って微笑みました。

「お弁当、ここで食べないかい？」

「はいっ！　夕月を見ながら、ですね！」

「う、うん……」

ふふっ、まるで私のことみたいで少し照れますね。

「では、こちらに」

珠彦様と一緒に、手近な石へと腰《こし》掛けます。

「ふぅ、結構歩いたからすっかり腹が減ってしまったよ」

「っ！」

笑みと共に紡がれたその言葉、聞き逃しは致しません。

「では珠彦様、こちら」

私は、澄まし顔ですかさず家から持ってきた風呂敷の包みを解きます。

そうして、二つ並んだバスケットのうち一つを開き……。

「トマトたっぷり弁当です！」

その中身は、これまでの試行錯誤の集大成として様々な方法で調理したトマトたち。

そう、空腹こそが最大の調味料と申しますもの！

ふふっ……完璧な流れでございましょう！

「真っ赤な夕焼けのような景色を眺めながら味わう真っ赤なトマトのお味と云うのは、きっと乙なものでございますよ！」

さぁ、如何です！

「…………」

珠彦様は、笑みを湛《たた》えたままバスケットの中身を凝視して固まっているご様子。

「……乙なものだろうと、食べない」

かと思えば、スンッと真顔になってそっぽを向いてしまわれました。

「そうですか……」

この流れならいけるかと思ったのですが……。

「それでは珠彦様は、こちらのサンドイッチを……トマトは抜いてございますので……」

「……ふふん、勝ったぞ」

用意していたもう一つのバスケットを開けると、珠彦様はそう仰ってニヤリ。

むぅ……困ったことに、そろそろ打つ手がなくなって参りました……！


「うーん、どうすれば召し上がっていただけるのでしょう……」

今日も今日とて、珠彦様にトマトを召し上がって頂く方法について考えます。

「見た目を変えても駄目、味を変えても駄目、食べる場所を変えても駄目……」

と云っても、色々と試しても全く響くご様子はないし……。

「うーん……うーん……」

手詰まり、と云うのが正直なところです。

――ジリリリリリ！　ジリリリリリ！　ジリリリリ！

「ひゃっ!?」

考えに没頭していたところに電話が鳴って、思わず悲鳴を上げてしまいました。

「はいはーい、今出まーす!」

鳴り響くけたたましい音に急《せ》かされ、電話機の元へと向かいます。

「は、はいっ、もしもし?」

電話に出るのは未だに慣れなくて、少し緊張してしまいます。実家にはありませんでしたし、このお屋敷の電話も滅多に鳴らなくて物置に置いてあるくらいですもの……。

『あっ、ユヅ姉様ですかっ?』

「あらっ、珠子《たまこ》さん?」

受話器の向こうから聞こえる弾んだ声は、珠子さんのものでした。

『流石はユヅ姉様、声だけで私だとわかっていただけるんですのねっ!』

「あはは……」

それ以上に、私を『ユヅ姉様』と呼ぶ方など珠子さんしかいらっしゃらないので……。

『それはともかく……お久しぶりです、ユヅ姉様』

「はい、お久しぶりですー」

夏に神戸《こうべ》へと行かれて以来、珠子さんと実際に顔を合わせられてはいません。

それでもこうしてお話し出来るのですから、便利なものですね。

「では、珠彦様に代わりますね」

『あっ、お待ちになって……！』

一旦受話器を置こうとすると、珠子さんの声が少し慌てた調子となりました。

『ユヅ姉様……今、お忙しいでしょうか……？』

「いえ、そんなことはありませんが」

夕飯の準備を始めるまでにはまだ時間がありますし、差し迫った家事の類《たぐい》も今はありません。とはいえ、なぜそのようなことを聞かれるのでしょう……？

『それでは、その……』

珠子さんの口調は、どうにも歯切れが悪く聞こえます。

『実は今回は、珠彦兄様に用件があるわけではなくて……』

「あら、そうなんですか？」

意外な言葉に、思わず問い返してしまいました。

「では、私に用事ということでしょうか？」

『よ、用事という程のものでもないのですけれど……』

珠子さんは、そこで一旦言葉を切って……すぅはぁと、受話器越しに深呼吸する音が聞こえてきます。

『ゆ、ユヅ姉様！』

「は、はいっ！」

かと思えば急に大声になって、少し吃驚《びっくり》してしまいました。

『私と、おしゃべりしていただけませんこと⁉』

「えっ……？」

それから、思ってもみなかったその内容にもう一度驚きます。

『駄目……でしょうか……？』

「いえ、勿論構いませんよ」

けれど、不安げな珠子さんの声へとすぐに快諾を返しました。

『あの……こんなことで電話しただなんて、呆《あき》れてらっしゃいますか……？』

「ふふっ、そんなわけありません。私だって、珠子さんとおしゃべりしたいなって思っていましたもの」

『本当ですのっ⁉』

「はいっ」

勿論、本心からの言葉です。

「夏に珠子さんがいらした時は色々とあって、ゆっくりお話し出来る時間がそんなにありませんでしたものね。以前にお電話いただいた時も、すぐに珠彦様に代わりましたし」

『そうなんです！』

珠子さんの声が、ますます弾んだ調子となりました。

『ユヅ姉様も同じ様に思ってくれていただなんて……嬉しい！　それじゃそれじゃ……嗚呼《ああ》、何からお話ししましょう！』

「焦らなくて良いですよ。暫時、乙女の語らいの時間と致しましょう！」

『はいっ！　それじゃ先日の、女学校の友人とのことから……』

そんな言葉を皮切りに、私たちのおしゃべりは始まりました。


それから、暫《しばら》く。

「色々と試してはいるのですが、一向にトマトを食べて下さらなくて……」

他愛《たわい》ない話題から派生して、私は電話越しの珠子さんに向けて愚痴とも相談ともつかないような事を口にしていました。

『トマト……ですか』

おや……？　電話口から聞こえる珠子さんのお声が、少し硬くなったような？

『実は、私もトマトは苦手なんです』

「そうなのですか？」

珠子さんの声は、どこか苦々しく聞こえます。

矢張り、ご兄妹《きょうだい》で味覚も似るものなのでしょうか……？

『どうにも、ヒトの心臓《しんぞう》のようで気色悪くて……』

「ヒトの心臓……？」

思わぬ言葉に、首を捻《ひね》ってしまいました。

「そんな風に考えたことはありませんでしたが……」

というか、なかなか独特の発想ではないでしょうか……？

『私だって、別に自分からそう考え始めたわけじゃないんですのよ？』

口調の雰囲気から、珠子さんは苦笑されているのでしょうか。

『珠代《たまよ》姉様が……』

話の途中で、珠子さんは「あー……」と何かに納得したような声を上げました。

『そう云えば、珠央《たまお》兄様もトマト嫌いだっけ……珠代姉様のことだから、きっと私以外にも同じことをしていたんでしょうね……』
一人うんうんと頷く珠子さんの姿が、目に浮かんでくるようです。
「お二人のお姉様が関係されているのですか？」
けれど、私にはどういう事なのかさっぱりでした。
『それが、私が幼い頃の話なのですが……』
そうして、珠子さんが話して下すったのは――

ここ最近、どうやらユヅは僕にトマトを食べさせようと腐心しているらしい。
だが、全ては無駄なことだ。僕は、トマトなぞ一生食べない。
正直、視界に入れるのさえ嫌なくらいだ。
なぜなら……幼き日の、と或る食事の席を思い出すから。
「ねえ、珠彦ちゃん」
そう呼びかけてきたのは、二つ上の姉である珠代姉さん。

未《ま》だ幼く姉の醜悪な本質を知らなかった僕は、素直に目を向けてしまった。

「トマトって、ヒトの心臓に似てない？」

「えっ……？」

言っている意味がわからず、思わず目を瞬かせる。

「こうして二つに切ると……ほら……」

そんな僕の前で、珠代姉さんは丸ごとのトマトをナイフで真《ま》っ二《ぷた》つに割った。

いくつかの子室に分かれた断面が顕《あら》わになり、ドロリと果汁が垂れる。

「まるで右心室《うしんしつ》と左心室《さしんしつ》。それに果汁が赤い所も、血みた〜い♡」

ニンマリと、どこか悪魔を連想させるような笑みを浮かべる珠代姉さん。

いつの間にやら僕は、彼女の手元にあるトマトが本当にヒトの心臓であるかのように錯覚し始めていた。そう思って眺めると……なんと、気色の悪い。

そんな僕を嘲笑《あざわら》うかのように笑みを深め、珠代姉さんはトマトを持ち上げ……齧《かじ》る。

「ふふっ、美味し♡」

「っ……」

そう云って微笑む珠代姉さんを見ると、ゾワリと肌が粟立《あわだ》った。

当時はその理由がわからず、只々《ただただ》気味が悪いと思っただけだったけれど……今なら、言語化も出来る。

唇《くちびる》に僅かに赤い果汁を付け、嗤《わら》うその姿。

それは……まるで、ヒトの血を啜《すす》る羅刹《らせつ》のようではないか。

あまりに、『志磨《しま》』らしい姿ではないか。


それ以来、僕はトマトを食べられなくなった。

否……食べなくなった、の方が正確な表現かもしれないが。味やら匂いやらが苦手で食べないわけではないのだから、僕にトマトを食べさせる方法など存在しないのだ。にも拘《かかわ》らず。

「珠彦様、本日もトマトをご用意しましたっ!」

今日も今日とて、ユヅは無駄な事をしているようだ。

どんな工夫を凝らそうと、僕が心変わりすることなどないと云うのに。

「ん……?」

だが、食卓の上を見て僕は首を捻る事になる。どこにも、あの気色悪い果実の姿が見当たらなかったから。今日はオムレツのようだが、トマトが添えられているわけでもない。

「珠彦様」

戸惑う僕へと、ユヅは真《ま》っ直《す》ぐ視線を向けてくる。

「すみませんでしたっ」

そして、大きく頭を下げた。

「んんっ……？」

しかし唐突に謝罪され、ますます僕の困惑は深まるばかりだ。

何に対する謝罪なのだろう……？

トマトを食べさせようとしている件について……なの、か……？

「珠子さんから伺いました。珠彦様がトマトを食べない理由」

「……ほぅ」

珠子に、僕のトマト嫌いの理由を話したことなどない。が……そう云えばあいつも、いつもトマトを残していたっけ。珠代姉さんのことだ、珠子にも僕に対してやったのと似たような事をやったんだろう。きっと、珠子も同じ推測に至ったに違いない。

「私、反省しているのです」

しかしだからと云って、なぜユヅが反省するという話になるのか。

「珠彦様にトマトを召し上がっていただくことばかりに腐心して……理由について考える事もなく、珠彦様のお心に寄り添えておりませんでした」

「そんな大げさな……」

たかだかトマトのことなのに、ユヅは至極真剣な表情だ。

大体、トマトが嫌いな理由がこんなものだなんて普通は想像出来まい。

「そこで！」

と、ユヅはオムレツの皿を自身の両手で指し示す。

「今回は、トマトを細かく刻んでオムレツに入れてみましたっ！　これなら、トマトの形も何もわからないでしょう？」

「む……」

なるほど、考えたな……。

だが、しかし。そう云われては、ヒトの血が混じっているようで今度はオムレツそのものが気色悪く見えてきてしまった。ここまでしてもらって尚《なお》食べられないというのは、流石に少々心苦しいものがあるが……。

「ユヅ、すまないけど……」

「それでも！」

僕の拒絶が、ユヅの声に掻き消される。

「それでも、もしトマトが心臓だって思っちゃう時は……」

「時は？」

一体何だと云うのか。

「夕月《ゆづき》の心臓だと思ってください！」

「……えぇ!?」

いや、本当に何なんだ!?

「そしたら私……珠彦様がトマトを召し上がった瞬間に、『きゃーっ珠彦様に食べられたーっ！』って云いますので！」

むんっと気合いが入った感じのユヅは、冗句《ジョーク》を云っている様子でもない。どうやら、本気でこれが僕のトマト嫌いを解決するのに繋がると思っているようだ。

「……ははっ、何だそれ」

思わず笑ってしまった。まったく……ユヅは、いつも僕には想像も出来ないようなことを云うものだ。そんな風に云われてしまっては、勝手に妙な想像をして勝手に気色悪く思っていた僕が馬鹿のようじゃないか。

いや……本当に、単なる馬鹿だったのだろうな。

「……いただきます」

皿の前に座り、手を合わせ……られないので、片手だけ。

恐る恐る、スプーンで掬《すく》ったオムレツを口に運ぶ。

ゆっくり咀嚼《そしやく》していくと……卵の味の中に混じっている、仄《ほの》かな酸味と甘みが感じられた。成程、これがトマトの味ということなのだろう。で、あるならば。

「美味《うま》い」

当たり前だが、血の味など少しもしない。

「きゃー、珠彦様に食べられたーっ！」

「い、今はいらんよ！」

というか、本当に云うとは……非道《ひど》く照れくさく、頬が熱を持っていくのを自覚した。

「美味しく食べて下さいー！」

「やめたまえ……もう、食べれるから！　ほら！」

だから君がそんな事を云う必要はないと主張すべく、手早く二口目を口にして見せる。

「ふふっ、珠彦様ったら真っ赤になって……トマトみたいっ」

などといったやり取りを交わしながら。

僕は、見事トマトオムレツを完食したのだった。

なお、後日。

「ご馳走様《ちそうさま》」

「はい、お粗末様……あれっ？　珠彦様、かぼちゃがまだ残っていますよ？」

「知ってる」

「ま、まさか……私、何やら少々嫌な予感がするのですが……」

「かぼちゃなど、一生食わん」

「もう珠彦様、アナタってヒトはー！」

そんなやり取りもあったのだが、それはまた別の話である。

冬

素晴ラシキオ宝

幾分日差しに暖かさを感じる、麗《うら》らかな冬の日。

「『素晴ラシキオ宝』を探すぞー！」

『おー！』

太《ふとし》の声に合わせて、村の子供たちが一斉に片手を挙げる。

「おー！」

なお、その中にはユヅの姿もあった。

子供たちと同じく、大層楽しそうだ。

「ほら珠彦《たまひこ》、アンタも『おー！』ってやんなきゃ」

僕の隣でニヤニヤ笑いながらそんなことを云ってくるのは、綾《りよう》。

彼女も村の娘だが、歳《とし》は僕と同じだ。そして……かつて、僕の財布と栞《しおり》をスッた前科を持つ。財布はともかく、栞についてはユヅが僕の誕生日に贈ってくれたものであり、そのせいで色々とあったのだが……。

「別に、僕はやらなくとも……」

「こういうのは、恥ずかしがらずにやっちゃうのが一番なんだよ」

こうして馴《な》れ馴れしく話し掛けてくる辺り、相当に神経が図太いのだろうか……。

「そうです珠彦様、一緒に声を合わせましょうっ」

僕の預かり知らぬところで何かがあったのか、当のユヅが遺恨を感じさせない態度なのもあって僕としてはこの娘との距離感を測りかねていた。

……それはともかく。

「坊ちゃん、一緒に『おー！』ってやろうよー！」

「坊ちゃんも一緒！」

「うっ……」

綾の弟たち、恵太《けいた》と大和《やまと》にキラキラした目で見上げられては、どうにも具合が悪い。

「お、おーっ……」

『おーっ！』

仕方なしに左手を挙げると、再び子供たちが声を揃《そろ》えた。

「そんじゃ『素晴ラシキオ宝』探し、張り切っていこうね……相棒さん？」

相変わらず、綾は僕をからかうようにニマリと笑っている。

果たして、何故《なにゆえ》このような事になっているのか。

全ての始まり……子供たちがこの屋敷を訪れた今朝方《けさがた》のことに、僕は思いを馳《は》せた。


たまには日に当たりながら本でも読むかと思い立ち、何冊か抱えて縁側へと出た時のことだった。

「坊ちゃん、おはようございまーす！」

『おはようございまーす！』

丁度、村の子供たちの元気な声が響く。

「また来たのか、お前たち……」

こうしてこの子たちが屋敷を訪れるのも、初めてのことではない。

と云《い》うか、最早《もはや》今となっては恒例行事と云っても良いくらいかもしれない。元々は綾の弟たちに勉強を教えたのが始まりだったが、やがて他の子供たちもこの『勉強会』に参加するようになり……今回も、また人数が増えているような気がするな……。

「まぁいい、今日も年の小さい順に見るのでまずはちゃぶ台を運んで……」

「あっ、違うんだよ坊ちゃん！」

踵《きびす》を返しかける僕を呼び止めたのは、太という名の少年。村長の息子で、比較的早期からこの『勉強会』に参加している一人だ。

「違うとは……？」

いつもなら、居間にちゃぶ台を出して勉強机とするのだが……。

「まさか、庭で青空の下に学びたいとでも云うつもりか？」

「あははっ、それも楽しそうだね！」

太は、言葉通り楽しげに笑う。

「でも、今回は勉強を教わりに来たんじゃなくてさ！」

「む……？」

どういうことだ？　他に、この屋敷を訪れる用事などあるまいに。

「実は、俺たち……」

そこで、意味深に溜《た》めを作る太。

「坊ちゃんとユヅ姉さんのお手伝いをしに来たんだ！」

そして、そう云って胸を張る。

『来たんだ！』

それに合わせて、他の子供たちも一斉に胸を張った。

「いや、不要だが」

『えーっ……？』

だが、僕が断るとへにゃっと力が抜けた様子となる。

「まーまー、そう云わずにさ」

しかし気を取り直したようで、太はそう続けた。

「俺たち、普段のお礼がしたいんだよ。坊ちゃんには勉強を教わってるし、ユヅ姉さんにはご飯もご馳走《ちそう》してもらってるでしょ？　だから、今日はそのお返しなんだ」

「そうなのかい……？」

「坊ちゃん、何か手伝わせてよ！」

「お手伝いするよ！」

恵太と大和も、妙に気合いの入った目で見上げてくる。

「そう云うことなら……」

その殊勝な心掛けを無碍《むげ》にするのも気が引ける……そう、思っていたところに。

「珠彦様、お勉強会ですか？」

子供たちの声を聞きつけたのか、家の中からユヅが顔を覗《のぞ》かせた。

「あぁ、いや。どうやら、今日は手伝いに来てくれたようなんだけど……」

「あら、そうなのですね」

「何か手伝ってもらうようなことはあるかい？」

「そうですね……では丁度これからお昼の用意を始めようと思っていたところなので、お手伝いいただいても良いですか？」

『はーい！』

ユヅの問いかけに、女子陣が手を挙げて家の中へと上がりこんでいく。

まさしく、『勝手知ったる』と云ったところだな。

さてそれでは、残る男子たちは……。

「君たちは、家具の移動を手伝って貰《もら》えないか？」

『おうっ！』

僕の依頼を受け、太を筆頭とした男子陣も腕《うで》まくりしてやる気満々と云った様相だ。

こうして、子供たちの『お手伝い』は始まった。

「その箪笥《たんす》は、そこの隅に置いてくれ」

『あいよー！』

僕の指示に従って、男子陣が家具を運ぶ。

ユヅは見た目に反して随分と力持ちだが、それでも女性なので限度がある。そして僕はと云えば右手がこのザマで、重い家具の移動には苦労するのだ。それを手伝ってくれると云うのであれば、正直ありがたい申し出である。

そんな風に思っていたところだった。

「あいたっ……!?」

太が、小さく悲鳴を上げる。

「どうした!?　足を挟んだか!?」

僕は慌てて太へと駆け寄った。

然《さ》程《ほど》大きくない箪笥とはいえ、足の指を挟まれては無事では済むまい……！

「や、そういうわけじゃなくてさ」

だが、見下ろしてみれば太の足は十指全て無事だった。

「ちょっと、擦《こす》っちゃっただけだから」

と、右手を見せてくる太。その甲には、薄く血が滲《にじ》んでいた。

「そうか……ならここはもういいから、手当てをしにいこう」

「そんな、大げさだよ坊ちゃん。こんなの、唾《つば》付けとけば治るって」

「小さな傷とて、甘く見るな。黴菌《ばいきん》が入って化膿《かのう》したら大変なんだぞ」

「……はぁい」

最初渋っていた太だったが、僕が言葉を重ねると渋々といった様子ながら頷《うなず》いた。

「君たちは、先程指示した通りに作業を続けてくれ。くれぐれも怪我《けが》には気をつけて」

『はーい!』

相変わらず元気な男子陣の返事を背に、太と共に部屋を出る。


そうして、僕らは台所へと向かった。

「うん、良いお味が出ていますね」

『ホント!?』

「はいっ」

ちょうど味見をしているところだったらしく、頷くユヅの言葉に女子陣が目を輝かせている。どうやら、手伝いついでに料理も教えているらしい。

「すまないユヅ、一寸《ちよつと》いいかな？」

「はいっ、何でしょう？」

邪魔をするのは気が引けるが、致し方あるまい。

「太が怪我をしてしまってね。手当てしてやってくれないか？」

片手しか使えぬ僕では、上手《うま》く手当ても出来ないのだから。

まったく、僕は本当に役に立たないな……。

「あらそれは大変、お任せあれ！」

他方、ユヅはそんな僕の陰気を吹き飛ばすかのような勢いで駆け寄ってくる。

「ゴメンねー、ユヅ姉さん」

「良いんですよ、お怪我は大丈夫ですか？」

「こんなの掠《かす》り傷さ！　ホントは手当てなんて必要ないくらいだよ！」

「いえ、小さな傷とて甘く見てはいけませんよ。黴菌が入って化膿したら大変です」

ユヅの言葉に、太はパチクリと目を瞬《しばた》かせた。

「あははっ！」

次いで、堪《こら》えきれないといった様子で笑い出す。

「……？　どうしました？」

不思議そうな顔となるユヅだが、僕は太が笑う理由を察している……。

「だってユヅ姉さん、坊ちゃんと一緒のこと云うんだもん！」

「あら……」

今度はユヅが、少しだけ驚いた様子で僕の方を見る。

一方の僕はと云えば、妙な気恥ずかしさを覚えて視線を逸《そ》らした。

「やっぱり、夫婦って似るものなんだね！」

ま、まだ夫婦ではないわけなのだが……いや、無論いずれはと考えてはいるが……。

「そうかもしれませんね……それでは、薬箱を取りに行きましょう」

……しまったな。薬箱くらい、途中で持ってくれれば良かった。本当に僕は、段取りが悪い。これではユヅの夫など…………イカンイカン、過剰に悪く考えてしまうのも僕の悪い癖だ。少しはユヅを見習わなければ。

「皆さん、しばらくお鍋を見ていてくださいな。煮立ってきたら、お醤油《しょうゆ》を一回し入れてくださいね。それと、最後にお味噌《みそ》を少しだけ」

『はーい！』

ともあれ、ユヅはこの場を女子陣に任せることにしたようだ。それだけの信頼関係があると云うことか。返事をする彼女たちも既にどこに何があるのかを一通り把握しているらしく、なんとも頼もしいことだ。


「それでは、手を出してくださいな」

ユヅを先頭に居間へと戻り、薬箱を取り出したユヅが太の方へと向き直る。

「よ、よろしくお願いします」

太は、どこか緊張した面持ちでユヅの方へと手を差し出した。

ユヅは脱脂綿に消毒液を染み込ませて太の手の傷に当て、それが済んだら手際よく包帯を巻いていく。

「はいっ、これで大丈夫ですよ」

「ありがとう、ユヅ姉さん！　ユヅ姉さんの手……ちっちゃくてかわいいねぇ。エヘヘッ」

最後にポンと手の甲を優しく叩《たた》いたユヅに、太は顔を少し赤くして笑っているが……太、あまりデレデレとするんじゃない。これは、あくまで治療行為に過ぎないのだぞ？

「珠彦様」

「っ!?　な、何かな？」

そんなことを考えている中でユヅが振り返ってきて、少々動揺してしまった。

「……？」

僕の様子を少々疑問に思ったようだが、特に突っ込んでくるようなこともなく。

「お昼、もうすぐ出来ますので」

「あぁ、ありがとう」

そう云い残して、ユヅは台所へと戻っていった。

「それじゃ太、昼休憩としよう。他の子にも伝えてきてくれたまえ」

「わかったよ！　お昼の後も頑張るからね！」

と、力こぶを見せる太。

「怪我のないように注意しつつ、な」

「はいっ！」

釘《くぎ》を刺すと、元気な声が返ってくるが……本当だろうな……？

「……ところで」

そんなやり取りを交わしているうちに、ふと疑問が浮かんだ。

「なぜ急に、手伝いを申し出てくれたんだい？　今まではそんな気配などなかったろう」

「うっ……」

尋ねると、なぜか太はギクリと動揺した様子を見せる。

「いやぁ、それが……」

そう切り出しながら、太はどこか気まずげに頬《ほお》を掻《か》いていた。

「実は、綾姉さんに云われたんだよ」

「綾に……？」

綾の名が出ると、またぞろ何か悪巧みでもしているのかと思わず身構えてしまう。

「受けた恩は返さないといけないよ、ってさ」

だが予想に反して、出てきたのは至極真っ当な言葉だった。

あの不良娘がそんなことを云うとは……意外と律儀な一面も持ち合わせているものだ。

「それで俺たち、反省したんだ。いっつも坊ちゃんやユヅ姉さんに、色々してもらってばっかりだなって……本当は、云われる前に気付かなきゃいけないよね」

成程、先程の態度は自らそこに思い至れなかった己を恥じていたがゆえという事か。しかし、人に云われて素直に受け入れ行動に移すだけでも十分だと思うが……。

「これからは、何かあったら遠慮なく云ってよ。いつでも手伝うからさ」

そう云った後、太は再び気まずげな表情となる。

「ただ……」

次いで、何やらコソッとした仕草で口の周りに両手を当ててこちらに向けた。

内緒話ということかと、僕は屈《かが》んで耳を寄せる。

「坊ちゃんの手伝いしてる事、村の大人たちには内緒にしてほしいんだ。たぶん、良い顔しないと思うからさ……」

「元より云うつもりなんてないけど……」

そもそも、僕にはそんな雑談を交わすような相手など存在しない。

「ごめんね、坊ちゃん……」

申し訳無さそうに謝ってくる太。定めし、村における僕の立場の悪さを憂いてくれているのだろう。次期村長としての責任感もあるのかもしれない。

だが、人を喰《く》い物にする志磨《しま》家の者が嫌われるなぞ当然のこと。まして、僕はユヅを金で買ったと思われていて……それ自体、否定出来ない事実とも云えるのだ。

無論、この子に如何《いか》ほどの過失もあろうはずはない。

「何を謝ることがある。君たちの手伝い、大層助かっているよ。それだけで十二分だ」

僕の立場には触れず、ポンと太の頭を撫《な》でてやる。

「……ありがとう、坊ちゃん」

「ふふっ、礼を云わなければならないのは僕の方だろう。手伝いありがとう、太」

「へへっ……なんだか照れるね」

漸《ようや》く、太の顔に笑みが戻った。

僕の言葉で、少しでも憂いが晴れてくれれば良いのだが。

……それにしても。

この僕が、子供相手とはいえ斯様《かよう》な気遣いをするとは。

誰かさんの影響、だろうか。

だが……存外、悪い気分ではないな。


その後も、昼飯を挟んで暫《しば》し作業をして貰い。

「よし、このくらいで大丈夫だ。皆、手伝いありがとう」

『はーい！』

一通り困り事もなくなったところで、解散の運びとなった。

……の、だが。

「それじゃ、俺がオニなー！」

『逃げろー！』

なぜか、そのまま庭で鬼ごっこが始まってしまったようだ。

まぁ、別に構わないのだが……気にせず、元の予定通り読書を始める事にしよう。

と、縁側に腰《こし》を落ち着けたところだった。

「ふぅっ」

「うわぁっ!?」

後ろから首筋に息を吹きかけられ、思わず悲鳴を上げてしまう。

「だ、誰、何だ……!?」

「坊ちゃんは、また一人で暗～く読書かい？」

まさかユヅが……!?　などと思いながら振り返ってみれば、何が楽しいのかニヤニヤと笑う綾の姿が目に入ってきた。

「たまには健康的に、子供たちと一緒に遊んだりしてみれば？」

「放っておいてくれたまえ……！」

と云うかこの娘、まさかこんなことを云うためだけに態々《わざわざ》やってきたのではあるまいな……？

「それに、読書は決して暗い趣味などではない！　家にいながら世界中の様々な事柄や物語に触れられる高尚な行為だ！　ほら、この冒険小説など君も読んでみたまえ！　素晴ラシキオ宝を求めて危険な冒険に挑む様に、きっと心が躍ることだろう！　特に興奮するのが、敵対する海賊たちを相手に主人公は身一つで……」

……と。

そこまで捲《まく》し立ててから、はたと気付いた。

「ふ――――ん……」

綾の僕を見る目が、完全に引いたものとなっていることに。

しまった、思わず熱くなって無駄に語ってしまった……。

「ま、まぁ、そうだね。そんなに良いって云うなら、アタシも読んでみようかな～」

ついには、苦笑気味の綾に気遣われてしまう始末。何たる失態か……。

「ほら、オススメを貸してよ」

「……構わないとも」

だが、同志を増やせそうなこの機会を逃す手はあるまい。

きっと綾も、実際に読んでみれば読書の素晴らしさに気付くはずだ。

「では、先程云っていた素晴ラシキオ宝の……」

言葉の途中で、ふと庭の方から視線を感じてそちらを振り返る。

『…………』

見れば、いつの間にか鬼ごっこをやめた子供たちが僕の方……より正確に云えば、僕の手にある本に目を向けていた。

「……君たちも読んでみるかい？」

『うんっ！』

水を向けてみれば、子供たちは興味津々と云った様子で一斉に頷いた。

「見せて見せてー！」

「僕、冒険小説って初めてだよ！」

「楽しみー！」

そして、僕の元へと群がって手元の本へと目を落とす。

貸してあげるから家で読むと良い、という意味で云ったんだが……ワクワクした目で本を見つめる子供たちは今すぐ読み始める気満々で、今更家で読めとも言いづらく。

「……それでは、最初から読んでいこうか」

諦めて、僕は最初の頁《ページ》を捲《めく》るのだった。

……しかし。

「ねぇ坊ちゃん、これって何て読むのー？」

「坊ちゃん、早く次の頁を捲ってよー」

「待って、ボクまだ読めてない！」

当然と云えば当然ながら、学年も違う複数の子供たちでは理解度や読み進める速度に大きな隔たりが存在する。このままでは埒《らち》が明かないな……止《や》むなし。

「えーい、僕が読み聞かせてやるから静かに聞きたまえ！」

『はーい！』

結局、こういう運びとなった。

「ふふっ」

傍らの笑い声に目をやれば、綾がクスクスと笑っている。

「やっぱり、珠彦ってなんだかんだ面倒見が良いよねー」

元はと云えば誰の所為《せい》だと思っているんだ……と、文句の一つも言ってやりたい気分だったが。子供たちの期待の眼差《まなざ》しを一身に受けている状況では、読み聞かせを優先せざるを得ないのだった。

……と。

ここまでは、良かった。

結果的に子供たちは冒険小説へと大いに興味を示し、次も次もとせがまれ結局何冊も読み聞かせることになったが……それもまた、良しとしよう。同好の士を増やせたのは素直に嬉《うれ》しいし、読み書きが苦手な子の国語の成績向上にも繋《つな》がろう。それで終わっていれば、目出度《めでた》し目出度しと云ったところだった。

「僕たちも、『素晴ラシキオ宝』を探しに行こうよ！」

「さんせーい！」

「やろうやろう！」

子供たちがそんな遊びを始めたのも、特に問題はない。

「せっかくだし、勝負にしよう！」

「それじゃ、山の中で一番の『素晴ラシキオ宝』を探した人が勝ちね！」

「でも、仲間と一緒に冒険もしたいなぁ……」

「なら、二人一組で！」

それも、大いに結構。

だが……。

「なぜ僕までそれに参加する羽目になっているんだ……」

これまでの流れを思い出し、ついぼやいてしまう。

なぜなのかと云えば、自然な流れでユヅも参加を表明した結果僕まで勝手に参加扱いとされてしまい、水を差すのも悪いと断りきれなかったからなのだが……。

……しかも。

「珠彦、今何か云った？」

僕の組み合わせ相手が、よりにもよって綾となってしまうとは……じゃんけんの結果が恨めしい。

「……なんでもない」

「そう？」

綾は、大して興味もなさそうに小さく首を傾ける。

「それじゃ、アタシたちも冒険を始めよっか～」

そう云いながらも、なぜか綾はツツツと僕との距離を詰めてきた。

「そ・れ・と・もぉ？　珠彦坊ちゃんは、百科事典の後ろにあったあの本みたいなことをお望みかなぁ？　アタシとしては、それでもいいけどぉ？」

「そ、そうやってからかってくるのはやめたまえ！」

耳元で囁《ささや》いてくる綾から、慌てて離れる。

こんなところ、ユヅに見られたら……！

「頑張ろうね、ユヅ姉さん！」

「一番凄《すご》いオ宝を見つけちゃいましょう！」

幸いにして、太と組になったユヅはやる気満々といった様子で出発するところでこちらを見てはいなかったようで。どうやら、あらぬ誤解は与えずに済んだらしい……。

それにしても、先程少し見直したかと思えばこの有様だ……やはりこの娘の本性は、性悪の不良に違いない……！　一緒に宝探しなど、気が重くて仕方ないじゃないか……！

「しっかし」

そこでふと、ニヤニヤ笑いを引っ込め綾は真顔となった。

「この歳になって、冒険ごっことはねぇ」

「……全くだ」

綾もまた流れで参加することになっているわけだが、僕と同様に乗り気というわけではないらしい。そう云う意味では、温度差が近い綾と組になれたのは僥倖《ぎょうこう》とも云えるのかもしれないな……と云うか、そうとでも思わなければやっていられない……。

「適当に、それっぽいものを拾ってこよっか」

「そう……」

だな、と続けかけて。

「行くぞー！」

「最後に皆で投票して、一番になったオ宝が優勝だからね！」

「負っけないぞー！」

元気に駆けていく子供たちを見ていると、それも申し訳ないような気がしてくる。

「……一応、僕らなりに全力は尽くそうじゃないか」

「本当に、律儀なお坊ちゃんだねぇ」

僕の言葉に、綾は呆《あき》れた様子だ。

「ま、兎《と》にも角にもアタシたちも出発しようか」

とはいえ、そう云って歩き始めた綾の表情も先程より幾分前向きに見える気がした。

「………………」

「………………」

それはそうと。

「…………」

「…………」

これは、少々……否《いや》、かなり。

「…………」

「…………」

気まずいな……!?

元より気軽に雑談など交わすような仲ではないので仕様のないこととはいえ、僕と綾の間にはほとんど会話らしい会話もなくひたすら無言で山道を歩むのみ。

「あっちの方、行ってみる?」

「あぁ」

せいぜいのやり取りが、この程度である。

気を遣って、何か話題でも振った方が良いのだろうか……否、なぜ僕が態々そんなことをしてやらねばならない…………と云うかそもそもの話、僕にそのような小器用な真似《まね》が出来るわけなかったな……。

……などと、ぼんやり考え事をしていた折である。

「うわっ!?」

ブチッと云う音が下方から聞こえてきたかと思えば、突如足が滑った。

「くっ……!」

咄嗟《とつさ》に前方の木へと手を突いて、どうにか転倒は免れた……のは、良いものの。

「きゃっ!?」

綾を巻き込み、木に押し付けるような形となってしまった……!

「っ……!」

驚いたように目を見開き、身体《からだ》を強張《こわば》らせる綾。

「す、すまないっ!」

「あ、うん……」

慌てて離れると、綾もどこかホッとした様子を見せた。

「ほ、ほら、これ! 草履《ぞうり》の鼻緒が切れてしまったようだ! その拍子に転びそうになって咄嗟に手を突いただけであり、決して僕自らの意思で行ったわけでは……!」

原因を特定し、草履を片手に言い訳を捲し立てる。

「……ぷっ」

すると、未《いま》だどこか不安げに見えた綾の表情が緩んだ。

「そんなに必死にならなくてもいいよ、わかってるっての」

かと思えば、ニンマリと笑う。

「お坊ちゃんには、アタシを押し倒す度胸なんてないもんねぇ？」

「そ、そもそも君を押し倒そうなどと思ったりしない！」

「ふぅん？　じゃあ、ユヅが相手なら？」

「えっ……？」

思わぬ言葉に、一瞬答えに窮してしまった。

「おやおやぁ？　ユヅ相手なら押し倒そうと考えちゃうのかなぁ？　むしろ、実際に毎夜の如《ごと》く押し倒してたりぃ？　やぁん、夜の坊ちゃんは野獣なのぉ？　怖ぁい！」

「そんなわけないだろう！」

ユヅとは、その……結婚するまで清い関係でいると、決めているのだから……！

それにしても、この娘に格好のからかいの種を与えてしまったな……。

「ほら、見せてみなよ」

「何を見せよと云うんだこんなところで！」

手を差し出してくる綾を相手に、思わず叫んでしまう。

「はぁ？」

それに対して、綾は「何を云っているんだコイツは」とでも云いたげな表情となった。

「鼻緒、切れたんでしょ？　立ててあげるから見せなって」

「えっ……？」

今度は僕の方が、先の彼女のような表情を浮かべていることだろう。

「あ、うん……」

とはいえ、僕の頭の中には鼻緒を立てるための知識など存在しない。というか、仮に存在していたとて片手では上手く立てることなど望めまい。

「それでは……頼む」

出来るというのなら……と、半信半疑ながら前坪《まえつぼ》の切れた草履を手渡してみる。

「はいよ」

草履を受け取った綾は懐から手拭いを取り出し、噛《か》み付いたかと思えばビリリと縦に裂いた。更にそれを紐《ひも》状に捩《ねじ》って、壊れた前坪の代わりに鼻緒に通す。そして手拭いの両端を前坪の穴に通し、幾重にも結んでみせた。最後に、出来を確かめるようにギュッギュッと引っ張ること数度。

「ほら、これで大丈夫」

僕の方へと再び差し出された草履は、見事に処置されていた。

「おぉっ、本当だ……」

履いて試しに少し歩いてみたけれど、全く問題はなさそうだ。

「あ、ありがとう……凄いな、あんなに手際よく」

「別に、このくらいなんてことないよ。チビ共の草履なんてしょっちゅう壊れるもんだから、もうすっかり慣れちゃった」

戸惑いながらも礼を伝えると、綾はそう云って小さく微笑《ほほえ》む。その表情からは悪巧みの類《たぐい》も読み取れず、どうやら本心から云っているらしいことが伝わってきた。

この娘……綾は、やはり心根は優しい娘なのかもしれない。

その笑みを眺めながら、そんな風に思う。

だが、それなら何故あの時ユヅにあんなことを……。

「珠彦？」

「っ……!?」

ぼんやりと考えていたところで顔を覗き込まれ、思わず半歩後ずさってしまう。

「な、何だね……!?」

「何だね、じゃないよ。ボーッとしてないで、『オ宝』を探しに行くよ」

「あぁ、うん……」

そうして、再び歩き始めた僕らだけれど。

「て云うか珠彦、『オ宝』がありそうな場所に心当たりとかないわけ？　この山なんて、アンタん家《ち》の庭みたいなもんでしょ？」

「そう云われてもな……そんな視点で見た事はないし……そもそも、僕はこの山にそんなに詳しいというわけでもないし……」

「なんだい、役に立たないねぇ」

「むっ……面目ない……」

「ふふっ、冗談なんだからいちいち落ち込まないでよ」

なんとなく先程までよりも空気が軽くなった気がするのは、僕の気の所為なのだろうか。

「あぁ……そう云えば。『オ宝』に繋がるかはわからないけど、ここから少し先に川があったはずだ。当てもなく歩くのも不毛だし、一旦そこを目指してみないか？」

「川か……確かに、何か良いモンが流れてきてるかもね。行ってみようか」

そんな会話を交わしながら、二人並んで足を進める。

「あっ！　ねぇねぇ珠彦！」

「っ……!?」

川が見え始めた辺りで急に袖を引かれて、少しビクリとしてしまった。

「ほら、あそこ！」

「一体何だって云うんだ……？」

極力平静を装いながら、綾の指差す先を凝視する。

「川の中、何かが光ってない!?」

云われてみれば、そんな気もするが……。

「川の水面《みなも》に陽《ひ》の光が反射しているだけなんじゃないか……？」

「そんな感じじゃないって！　ほら、行ってみよう！」

「わかったから、引っ張るな……」

そうして、半ば綾に引きずられるような形で川辺へと移動することとなった。

すると……。

「おぉっ、確かに光る石があるじゃないか……！」

「アタシの云った通りだったろ？」

何かの鉱石だろうか？　川の中にキラキラと輝く美しい石を見つけ、柄にもなく僕の気分も少し高揚してきた。

「それじゃ、早速……」

「いや、待ってくれ」

川の中へと手を伸ばす綾を押し止める。

「何だい、この石じゃ不満だっての？」

「そうではなくて……この季節の川は冷たいだろう、僕が取るよ」

それに石は川辺から少し離れた場所にあり、綾より僕の方が取りやすい。

そう思って、左手を川に突っ込んでみれば……思った以上に冷たいな……!?　だが自ら申し出た手前、悲鳴をあげるわけにもいくまい……！

「ほら」

表面上は涼しい顔で、石を拾い上げてみせる。

「……それはいいんだけどさ」

そんな僕へと、なぜか綾は半目を向けてきた。

「その手、自分で拭けるの？」

「……あっ」

しまった、そこまで考えていなかった……。

くぅっ、風に吹かれて余計に冷たくなってきたじゃないか……!?

「まったく」

やれやれ、とばかりに綾は肩《かた》を竦《すく》める。

「拭いてやるから、手ぇ出しなよ」

「す、すまない……」

再び手拭いを取り出す彼女の提案を、素直に受けることにした。

矢張り、どうにも僕は格好がつかないな……。

「……代わりに取ってくれて……とう」

僕の手を拭きながら……ふいと目を逸らしながら紡がれた綾のその呟《つぶや》きは、消え入るような小ささで。

「？　すまない、よく聞き取れなかったんだけど……？」

尋ねると、なぜかキッと睨《にら》まれた。

「……後先考えずに行動するなんて、ウチのチビ共みたいだねって云ったんだよ！」

「そんなに長く喋《しゃべ》ってなくなかったか……!?」

と云うか、なぜ急にどこか怒り気味になったのか……。

「そんなことよりほら、戦利品だよ！」

僕の手を拭き終えた綾は、石を掲げて見せる。

『おぉっ……！』

太陽の下で見るそれは一層輝いて見えて、僕たちの感嘆の声が重なった。

「すっごいキレイだねぇ！」

「うん、何の鉱石だろう……？」

「何にせよ、こりゃ優勝はアタシたちが頂いちゃったねー！」

「ははっ、少し大人気なかったかもしれないな」

そんな風に、僕たちは己の勝利を確信したのだった。


そして。

「優勝は……太兄ちゃんとユヅ姉ちゃんが持ってきた、でっかい蛇の抜け殻にけってーい！　おめでとう！」

それぞれが持ち寄った『才宝』に対して投票し合った結果、普通に敗北した。

「やったー！」

「ありがとう存じまーす」

皆から称賛の拍手を受け、太は胸を張り、ユヅは少しだけ照れくさそうに微笑む。

「むぅ……確かに、見事な大蛇の抜け殻だ。しかし、僕らのこの『才宝』もなかなかのものだったと思うのだが……」

正直に云うと、一寸悔しかった。

ははっ……それこそ、なんと大人げないことだ……。

「はい、珠彦様と綾さんが見つけた石も凄くステキです！」

「ユヅ……ありがとう」

ユヅに褒められると、少しは救われた気分になれるな……。

さて……それでは、この石だが。

「綾」

いつの間にか少し離れた場所に移動し、僕らの方を見ていた綾へと歩み寄る。

「これは、君に」

「……えっ？」

彼女の方へと石を差し出すと、綾は鳩《はと》が豆鉄砲でも食ったかのように目を丸くした。

「や、えっと……そこは、ユヅにあげる流れなんじゃないの……？」

どうやら、僕の行動に戸惑っているらしい。

「鼻緒を立ててくれたろう。その礼だよ」

あれは、本当に助かった。

「受けた恩は返さないと、な」

元は、綾が云ったという言葉だ。

僕は、悪戯《いたずら》っぽさを意識して笑って見せる。

「そっか、お礼ね……でも……うーん……」

だが、複雑そうな表情の綾は石を受け取るのに妙に消極的なようだった。

彼女も、この石のことは高く評価していたと思うのだが……？

「それに……二人で見つけた『オ宝』だ。今日の思い出に、君に貰って欲しい」

「っ……！」

本心からの言葉を伝えると、綾は再び大きく目を見開く。

「そっ……そういうことなら、仕方がないから貰っとくか～！　仕方なしだけどね～！

珠彦坊ちゃんからお願いされちゃあ仕方ないもんね～！」

そして、何やらそんなことを口にしながら僕の手から石を受け取ってくれたのだった。

なぜか大きく顔を伏せていたから、その表情は僕からは窺《うかが》えなかった。

その後の、帰り道。

「ふんふーん♪　ふんふんふーん♪」

綾は、機嫌よく鼻歌など歌っている。

ここまで上機嫌な綾を見るのは、初めてかもしれないな……。

「君たちのお姉さん、何か良い事でもあったのかい……？」

『さぁ……？』

彼女の弟たちに尋ねても、首を捻《ひね》るばかり。

「坊ちゃんって頭がいいのに、女心はわからないんだねぇ」

そんな中、訳知り顔で太が僕の肩に手を置く。

「君はわかっているというのか？」

「坊ちゃんよりはね」

「ぬぅ……！」

悔しいが、実際にわかっていない以上は反論の術《すべ》がないな……！

結

我が家へ

大正《たいしょう》十二年九月一日……関東大震災《かんとうだいしんさい》、発生。

丁度東京《とうきょう》に出ていたユヅの無事を確かめるため、地震後に僕も東京に向かった。

捜索中は心配で胸が張り裂けそうだったけれど、只管《ひたすら》にユヅの無事を信じて捜し回り……ついには、倒れていたユヅを発見するに至る。気を失ったまま目覚める気配のない彼女に引き続き気を揉《も》んだものの、翌朝には目を覚ましてくれた。

この時よりホッとしたことは、僕の人生で一度とてなかったろう。


「それでね、懸命にユヅ姉様の名を叫ぶ長身の男性がいたからまさかと思えば兄様で」

「あの時の珠彦《たまひこ》の必死な顔、ユヅにも見せてやりたいよ」

「勘弁してくれ……」

その日の夕刻、僕らは救護所となっている東京駅の待合室にて夕食を囲みながら談笑していた。珠子《たまこ》はここで診察を担当している珠介叔父《たますけおじ》さんの手伝いのために東京に来ていて、綾《りょう》は東京に奉公に出ていた弟を捜すために僕と一緒に東京にやってきた。

「でさー、珠彦が握ったおにぎりが不細工だわすっごい塩《しょ》っぱいだわで笑っちゃったよ」

「そ、そんなに不味《まず》かったかな……？」

「というか、珠彦兄様がおにぎりを握ったんですの!?」

「わぁ！ 珠彦様のおにぎり、私も食べてみたいです！」

「わ、私も……兄様のおにぎり……」

「あぁ、いくらでも握ってやるとも。凄《すご》いぞ、僕のおにぎりには梅干しが入ってるんだ！」

「凄い得意顔だけど、入ってなかったから。くっついてただけだったから」

「ふふっ、楽しみです」

そんな、他愛《たわい》のない雑談。

「それにしても、綾太郎《りょうたろう》も無事で良かったな」

「本当にねー。あの子ったら、こっちが必死に捜してるとこに何事もなかったみたいにひょっこり顔を出すもんだから拍子抜けしちゃったよ」

心配事がなくなったことで、これまで暗かった綾の顔にも久々に心よりの笑みが浮かんでいるように見える。きっと、僕も似たような表情になっていることだろう。

「珠彦様……本当に、ありがとう存じます。私の為《ため》に、来て下すって」

「も、もういいってお礼は。今日何度目だと云《い》うんだ」

「何度でも、お伝えしたいんです」

「そ、そうかい……」

話題が移り変わっていく中、ユヅは何度もこうして僕に礼を伝えてくれる。

その度にユヅに微笑《ほほえ》みかけられ、僕はなんだかドギマギしてしまうのだ。

だが、それが今は心地好《よ》くも感じる。

『…………』

僕が黙り込んでしまったこともあり、場に一瞬の沈黙が満ちた。

「……本当に」

次に口を開いたのは、珠子だ。

「本当に、ユヅ姉様……よくぞご無事で……」

その瞳から、ポロリと涙が落ちた。

「ユヅ姉様が生きて下さってて……また会えて、またお話し出来て……良かった……良かったですぅぅぅぅぅぅぅぅぅ……！」

ポロリポロリ、堰《せき》を切ったようにどんどん涙が溢《あふ》れ出す。

気丈に振る舞い僕を発奮させてくれた珠子だけれど、自身もとてもユヅを心配していた。

この子も、ようやく心より安堵《あんど》出来たんだろう。

「あぁ……全くだ。無事で良かった」

「はい……はい……！」

珠子を抱き寄せ、頭を撫《な》でる。

抵抗されるかと思ったけれど、珠子も素直にそれを受け入れ何度も頷《うなず》くのみ。

「ま、綾太郎もユヅも大きな怪我《けが》もなく何よりだったね。目出度《めでた》し目出度しだ」

綾が少し茶化した調子なのは、場の空気が必要以上に湿っぽくならないようにとの気遣いだろう。

「皆さん……ご心配おかけ致しました。何とお礼を云って良いか……」

ユヅが、皆に向けてペコリと頭を下げる。

「何、息災でいてくれただけで十分だよ」

「そうですわ、ユヅ姉様！」

「……はいっ」

僕たちが微笑むと、ユヅも嬉《うれ》しそうに笑う。

もう二度と訪れることはないかもしれないと恐れていたこの光景こそが、何よりの宝だと思えた。


　それから数日、僕らは「助けて頂いたお礼に」と云うユヅの希望で暫《しばら》く東京に残り叔父さんの仕事を手伝う事にした。僕も託児所の子供たちに勉強を教えたりしながら、慌ただしく日々は過ぎ……今日はもう、東京から帰る日だ。

「忘れ物はないかい？」

「はい、問題ございませんっ」

　帰り支度を整え終えて問いかけると、ユヅは大きく頷く。

「それでは……」

　その言葉に続けようと、自然と頭の中に浮かんできた単語に……僕自身、随分と驚いてしまった。まさか……僕が、あそこをそんな風に思っていただなんて。

「珠彦様……？」

　中途半端なところで言葉を切ったため、ユヅが不思議そうに首を捻《ひね》っている。

「あぁ、いや……」

別段、大したことではない。

「……僕は」

だけど改めて口にするにはなんとなく機を逸してしまったような気がして、少し別の話を始めることにする。

「あの屋敷に追いやられ、そのまま緩やかに死んでいくものだと思っていた」

「……?」

話が見えないのだろう。ユヅは、引き続き不思議そうな表情だ。

「実際、着実に死に向かっていたと思う……君が、来るまでは」

本当に、あの夜が僕にとって運命の分岐点だった。

「君が来て、もう二年近く……様々なことがあったね」

「はい、そうですね」

微笑みかけると、ユヅも微笑みを返してくれる。

「僕の陰気まで吹き飛ばしてしまうかの如《ごと》く明るい君に」

春の嵐の如き、君に。

「搔《か》き回される日々だった」

「そ、そんなに搔き回してしまっていたでしょうか……?」

冗談めかして言ってやると、ユヅが少し慌てた様子を見せる。

「あぁ、そうだとも。その証拠に」

そんなユヅがおかしくて、僕は笑みを深めた。

「終《つい》の住処《すみか》と……巨大な棺桶《かんおけ》にしか思えなかったあの屋敷を、今はこんな風に思うようになってしまったらしい」

嗚呼《ああ》まったく、厭世家《ペシミスト》の僕らしくもないけれど。

「我が家、なのだと」

少し照れくさいが、ユヅに向けて手を差し出す。

「帰ろう、我が家へ」

そして、先程飲み込んだ言葉を今度こそ口にした。

「はいっ！」

再び微笑んだユヅが、僕の手を取る。

その温かさに、思うのだ。

ユヅが一緒にいてくれる場所が。

ユヅが隣で微笑みかけてくれる場所こそが。

僕の居場所であり、帰るべき『我が家』になるのだと。

IF

Beginners Party

僕たち四人は、新米冒険者パーティーである。

「タマヒコ様、装備は整いましたか？」

そう尋ねてくるのは、ヒーラーのユヅだ。

手にするのは己の身長に近い長さの杖《つえ》であり、先端に設《しつら》えられた植物のようなエンブレムが魔力を増幅する役割を担う。身に纏《まと》う露出の少ないワンピースは、彼女自らによる防護の加護が施されたものだ。

「うん。魔導書に藁《わら》人形に、防護のマフラー……問題ないはずだよ」

他方、僕の役割は魔法使いである。

片手が不自由なので、持ち物は全て浮遊魔法で浮かせている。更に僕自身も浮かんでいるが、これは魔法の鍛錬のため常に発動している……と云《い》うわけでもなく。単に歩くのが面倒で、ついでに自分も浮かすよう習慣になっているだけである。ちなみに最も得意とするのは攻撃魔法であり、その威力はちょっとしたものだと自負している。

「タマコとリョウは？」

「レイピアも新品を買ってきましたし、バッチリでしてよ！」

そう息巻くタマコは、細剣を携えた剣士。

一撃の威力こそ大剣の戦士などには劣るものの、素早いフットワークから繰り出される鮮やかな連撃は瞬く間に敵を切り裂いていくものだ。動きやすさを重視しながらも雅《みやび》さを損なわない装備は、我が妹ながらなかなかのセンスの良さと云えよう。薔薇《ばら》が設えられた羽付き帽子も、よく似合っている。

「アタシも、カタナに暗器に煙玉にと準備万全だよ」

最後に返事をしたのが、シノビのリョウ。

戦闘に索敵、鍵開けに忍術によるサポートと幅広い活躍を見せてくれる。その装いはシノビ装束と呼ばれるもので、袖も丈も短く胸元も開いており……彼女曰《いわ》く『誘惑』系のスキルに必要とのことなんだが、僕としては少々目のやり場に困るんだよな……。

「あれ～？　どこを見ているのかな、タマヒコく～ん？」

「べ、別に変なところを見ていたわけでは……！」

リョウがただでさえ短い裾をヒラヒラさせるものだから、僕は慌てて目を逸《そ》らした。

「……兄様？」

「……タマヒコ様？」

「ご、誤解だって！」

二人に向けて、必死に手を横に振りながら弁明する。ジト目のタマコはともかくとして、笑顔のユヅからも妙な『圧』を感じるのは気の所為《せい》だろうか……。

「それより、準備が整ったのなら出発だ！」

やや強引ながら、話題を変える。

「今日は、我々の初クエスト達成日となるのだからね！」

我々は、冒険者になって日が浅い。よって、未《いま》だクエストを達成したことはない。

だが、粒ぞろいのこのパーティーなら必ずや達成出来よう。

「はいっ」

「ですわね！」

どうやら、タマコとユヅも無事に誤魔化《ごまか》されてくれたようだ……否、元より僕に誤魔化さなければならないような疚《やま》しいところなど存在しないのだが……それはともかく。

「よしっ、行くぞっ！」

『おーっ！』

僕たちは士気も高く、意気揚々と街を出た。

……だが、しかし。

「今日もクエスト、達成出来ませんでしたね……」

「だね……」

「ねー、疲れたー。タマヒコ、そのフワフワ浮く魔法アタシにもかけてよー」

「リョウさん、アレは兄様が開発した兄様専用魔法でしてよ……」

数刻後、森の中を歩く僕らは満身創痍《まんしんそうい》だった。それでも見事クエストを達成していれば皆の顔に笑みも浮かぶのだろうが、それも無いとなれば只々《ただただ》感じるのは徒労だけだ。

そう……ユヅの云った通り、今日『も』なのである。

重ねて云うが、個々の能力は決して低いものではない。

では、なぜこうなるのかと云うと――

「出たぞ！　討伐対象のラージスライムだ！」

人間一人くらいなら丸ごと飲み込んでしまえそうな程に、巨大なスライム。魔物の中では強い方ではないが、僕たちにとっては決して油断して良い相手とは云えない。

「皆、まずは僕が魔法で遠隔から攻撃するから慎重に距離を測って……」

「手温《てぬる》いですわよ兄様、ここは突貫一択でしてよ！」

「タマコ!?」

僕の指示を無視して、タマコが一直線にラージスライムへと突っ込んでいく。

くっ……！　下手《へた》に撃つとタマコに当たってしまいそうで、攻撃魔法が撃てなくなってしまったじゃないか……！

「倒せば良かろうなのですわぁ！」

それはそうなんだけど、切っても切っても身体《からだ》が少し小さくなるだけでほとんどダメージにならないスライムは剣士とは相性が悪い……！

「くっ、この……！　スライム如《ごと》きが生意気な……！」

ほら、案の定もう押され始めたじゃないか……！

「あぁっ、タマコさん！　お怪我《けが》をされています！　すぐに回復魔法を!!」

「この程度掠《かす》り傷でしてよ、ユヅ姉様！」

普通は強がりの台詞《せりふ》なんだろうけど、この場合は本当に掠り傷なんだよなぁ……！

「【マックス・ヒール】！」

「掠り傷に最上位魔法は過ぎたるものだよユヅ！」

駄目だ、これじゃまたいつものパターンに陥ってしまう……。

「リョウ、タマコの援護を頼……む？」

あれ……？　リョウの姿が見当たらない……？

……って、草むらでしゃがんで何をしてるんだ？

「うん、もうちょっとでこの宝箱が開きそうだからその後でね」

「それ戦闘中にやらないといけないことかなぁ!?」


斯様《かよう》に。

とにかく敵へと突っ込みたがるタマコ、そのせいでフレンドリーファイア《同士討ち》を気にして攻撃魔法が使えない僕、少しの怪我でも大げさに回復魔法を使ってすぐ魔力切れになるユヅ、行動が自由過ぎるリョウ……と、全く嚙《か》み合っていない形なのである。

「タマコ、いつも言ってるけどお前はもう少し慎重に行動なさい」

「わかっておりますわよ」

「わかっているなら……」

「あっ！　兄様、今あそこにキラーラビットの耳が見えましてよ！　せめて本日の討伐数を一に！　とぉぉぉぉぉぉぉぉぉぉぉぉぉぅ！」

「だからそういうところを直せと云ってるんだが!?」

云っている傍《そば》から魔物を追いかけ突進していくタマコに、頭が痛くなる思いだった。

道を外れて茂みに分け入ったタマコの背が、瞬く間に遠ざかっていく。

「タマヒコ様、早く追いかけましょう！　タマコさん一人では危険です！」

「そ、そうだね……！」

確かに、今は嘆いている場合ではない。

「リョウ！　先行して、出来ればタマコを止めてくれ！」

「うーん……先に行くのはいいけど、アタシの力じゃ止められないと思うよー？」

そう云いながらも、この中で一番身のこなしが素早いリョウがタッと駆け出す。

実際、ステータス差と云うものがあるので頭に血が上ったタマコを止めるのは難しいだろうけど……一緒にいてくれるだけで、一人にしておくよりは幾分安心だろう。

「ちょっと、大変大変！」

などと思っていた矢先、慌てた顔のリョウが戻ってきた。

「どうした？　大きな宝箱でも見つけたか？」

これまでのリョウの行動から、僕は半ば諦めの境地で尋ねる。

「そんなわけないでしょうが！　タマコがピンチなんだよ！」

「何!?」

だが、逼迫《ひっぱく》した表情からの報告に一気に気が引き締まった。

「タマヒコ様、加速の魔法をかけます！」

「頼む！」

「【クイクイック】！」

ユヅが杖を掲げると先端に設えたエンブレムが光り、同時に僕とユヅの身体も淡い光に包まれる。身体が軽くなったように感じ、浮遊魔法による移動速度もグンと増した。

「そこの茂みを抜けたところだよ！」

リョウの先導に従い、森の中を駆ける。

すると、そこには……。

「タマヒコ兄様ぁ！　ユヅ姉様ぁ！　た、助けて下さいませぇ……！」

巨大な植物の蔓《つる》に捕らわれたタマコの姿があった……！

『グルルルゥ……！』

口も見当たらないのに、どこからか響いてくる植物型の魔物の唸《うな》り声。

この魔物は、確か……。

「エビルヴァインだって……!?」

ウネウネと無数の蔓を動かすコイツの危険度は、ラージスライムなどとは比較にならない。普通は森の深部に巣くっているという話なのに、なぜこんな浅いところに……!?

などと嘆いている場合ではないな……！

「タマコ、無事か!?」

「ぶ、無事ではありますが……その……」

その言葉にひとまずホッとはしたものの、タマコはどこか歯切れが悪い。

「どうした!?　怪我をしているのか!?」

「そうではなく……」

と、なぜか少し恥ずかしそうにモジモジとした様子を見せた後。

「ふ、服がっ！　先程から、少しずつ溶けていっておりますのぉっ！」

「……はぁっ!?」

思わず耳を疑ってしまったが、顔を赤くするタマコの様子からどうやら真実らしい。

確かによく見てみれば、蔓の合間から垣間《かいま》見えるタマコの装備には戦闘で破れたにしては不自然な穴がいくつも見られた。

「兄様、まじまじと見ないでくださいまし！」

「す、すまない……！」

タマコに怒鳴られ、咄嗟《とっさ》に目を逸らす。

「タマヒコ様、エビルヴァインは邪魔な装備などを溶かしてから捕食する習性があると聞きます！　このままではタマコさんが危険です！」

「そうなのか……！」

絵面《えづら》はともかくとして、深刻な事態に変わりはないらしい。

「タマコ、今助けるからな！」

とはいえ、下手《へた》に魔法を撃ってはタマコに当たってしまう可能性があるからな……ここは、少し苦手だが接近戦といこうか……！

「ユヅ、攻撃補助の魔法を全員に頼む！」

「心得ました！【マママッスル】！」

再びユヅの杖のエンブレムが光ると同時、力が漲《みなぎ》るような感覚が身体に満ちた。

「【マジック・ブレード】！　はぁぁぁぁあっ！」

杖の延長線上に魔力の刃《やいば》を展開し、エビルヴァインの蔓に切りかかる。ユヅの補助魔法のおかげもあり、近接攻撃が苦手な僕でも数本まとめて切り払うことが出来た。

「えいっ！　えいっ！」

「喰《く》らいな！　【分身剣】！」

ユヅも杖で蔓を叩《たた》き払い、リョウは幾重にも分身した姿で蔓を斬り裂いていく。

しかし、これは……。

「タマヒコ、これじゃキリがないよ！」

「タマヒコ様の攻撃魔法が最も有効かと思うのですが……！」

二人の云う通り、無数の蔓は切っても切っても少しも減ったようには思えない。本職のタマコならともかく、矢張り僕らの物理攻撃では殲滅《せんめつ》力不足だ……だけどユヅの歯切れが悪いのは、僕の懸念を理解しているからだろう。

「タマヒコ兄様！」

タマコの呼びかけに、知らず俯《うつむ》きかけていた顔をハッと上げる。

「タマコは、兄様を信じています」

僕の目を真《ま》っ直《す》ぐに見ながら、タマコはハッキリ言い切った。

「普段より浮遊魔法を自在に操るその精緻な魔力操作は、とうに上級冒険者の域に到達されています。兄様も、ご自分を信じてくださいまし」

自分が最も危機に晒《さら》されているというのに、そんなことを感じさせない強い瞳《ひとみ》だ。

「……わかった」

それで、僕も覚悟を決めた。

攻撃魔法は僕の最も得意とするところ……ここで役に立てねば、僕がいる意味がない！

「すぅ……はぁ……」

一度目を閉じ、小さく深呼吸。気持ちを落ち着け、魔力を練り上げる。

再び目を開け……狙うは、タマコを捕らえている蔓の根元。蔓は激しく動き回っていて下手をするとタマコに当たりかねないが、ちゃんと動きを読み切れば……！

「そこだ！　【ファイア・カッター】！」

杖の先端から炎の刃が飛び出し、一直線にエビルヴァインへと飛翔する。

『グルァッ!?』

魔物の苦しげな悲鳴。僕の炎は、どうにかタマコを避けて蔓の根元だけを焼き切ることに成功していた……だが、まだだ！

「キャッ!?」

タマコの身体は、切り離された蔓に未だ捕らわれたまま。このままでは、宙に投げ出されたタマコが無防備な状態で地面に衝突してしまう……！

「リョウ、頼む！」

「云われるまでもないっての！」

言葉の通り、僕が口にする前からリョウは既に動いていた。周囲の木々の幹を蹴りながら高度を上げていき、最後に大きく跳躍して宙を駆ける。

「よっ、っと」

そして、見事に空中でタマコを抱きとめた。

「【フワッフワー】！」

ユヅの操る魔法が、二人の落下する速度を低下させる。

そうして、タマコを抱えたままリョウは華麗に地面へと降り立った。

「タマコ、無事か!? 今、蔓を取ってやるから……なっ!?」

駆け寄った僕は、タマコに巻き付いた蔓を取り払い……直後、慌てて目を逸らす。

「兄様……？」

不思議そうなタマコの声。

「……って、キャァッ!?」

悲鳴から察するに、遅れて己の状態に気付いたらしい。蔓に巻かれていた部分の装備の損傷は特に非道《ひど》く、その柔肌《やわはだ》が大きく露出しているのだと……。

「……僕のコートを着なさい」

「あ、ありがとう……」

目を逸らしたまま、コートを脱いでタマコへと手渡す。

タマコが慌てた手付きでコートに袖を通す様が、視界の端に見えた。

「タマコさん、お怪我を治します！　【ラージ・ヒール】！」

続いてユヅが手をかざすとタマコの身体を優しい光が包み込んで、身体の端々に付いていた傷がみるみると治っていく。

「ユヅ姉様、ありがとうございます！」

「いえいえ！」

コートを着てようやくまともに動けるようになったタマコが、ユヅへと抱きついた。

「皆さん、ごめんなさい……私が先走ったせいで、ご迷惑をおかけしました……」

次いで、珍しく殊勝な態度で頭を下げる。

「反省は後だ、まずは目の前のコイツを片付けるぞ」

軽く笑いながら、僕はその頭をポンと撫《な》でた。

エビルヴァインは先程の僕の一撃で暫《しば》し混乱状態に陥っていたが、そろそろそれも収まってきたようだ。

『グルルルァ！』

表情の類《たぐい》こそないが、今まで以上に激しく暴れ回る蔓の動きから怒っていることは明白。定めし、僕たちを逃がすつもりはないだろう。

正直に云えば、無茶な戦いだ。ラージスライムすら倒せない僕らが、数段階上の強敵であるエビルヴァインに勝てる道理などない。

だけど……。

「はいっ！　今度こそ後れはとりませんわよ！」

「回復と防御魔法はお任せを！」

「アタシは様子を見ながら全体サポートってとこだね」

僕たちならやれる。

仲間たちの顔を見ていると、そんな自信が溢《あふ》れてきた。

そして僕は、それが決して過信でないことを知っているのだ。

「征《ゆ》くぞ！」

『はいっ！』

僕の号令に従い、各自一斉に動き出す。

「ほーらノロマな雑草さん、アタシはこっちだよー」

「いーや、こっちだ」

「こっちだったりしてー」

『グ……グルァ……？』

分身したリョウが、エビルヴァインを翻弄。

「はぁっ！　【ラピッドラッシュ】！」

その隙を突いて、タマコが目の前の蔓を瞬く間に斬り裂いていく。

『グルルルァ！』

「【マジックシールド】！」

エビルヴァインが風の弾丸を放つも、ユヅの防御魔法がそれを見事に防いでみせた。

「兄様、核《コア》が見えましてよ！」

「あぁ、後は任せてくれ！」

僕は、先程から練り上げていたありったけの魔力を杖の先端に集中させる。タマコの奮戦によって蔓が大幅に減ったことで露出した魔物の核。

「冥土《めいど》の土産《みやげ》に見せてやろう……風の魔法とは、こうやるのだ！」

そこをめがけて……！

「【スプリング・ストーム】！」

今の僕に使える最大の攻撃魔法を、放つ！

『グル!?』

嵐の如く強烈に吹きすさぶ無数の風の刃が、魔物の核を食い荒らし……。

『グル……ァ……』

ついには、貫いた！

エビルヴァインは一瞬ビクンと身体を大きく痙攣《けいれん》させた後、力尽きたかのように全ての蔓がペタンと地面に落ちる。

「やった……のか？」

今にもまた動き出すんじゃないかと、僕らは未だ臨戦態勢を解きはしない。

しかし一向にその気配もなく、徐々に場の空気が弛緩《しかん》し始めた。

「兄様！　やりましたわね！」

「……あぁ！」

タマコに云われて、ようやく倒したのだと実感する。

「タマヒコ様、見事な一撃でございました！」

「ユヅの防御魔法のタイミングも完璧だったよ」

「タマコも、今回はちゃんと考えて連携出来てたじゃなーい。偉い偉い」

「普段は考えなしのような云い方はやめてくださいまし！　……ですが、リョウさんが見事に敵の気を引いてくれたおかげです」

初の勝利、それも大金星と云って良い成果に僕らの顔は一様に明るいものだ。

「ははっ、僕たちもやるものじゃないか」

「はいっ、そうですね！」

「もう無敵ですわよ！」

「次は鬼難易度《おになんいど》って云われてるダンジョンにでも潜っちゃう？」

元より、個々の能力は折り紙付きだったのだ。

それが上手《うま》く連携さえ出来れば今のように大きな力が発揮出来ると見事証明された以上、今回の戦闘を皮切りに僕らの冒険者道は大きく前進することだろう。

すぐに上級冒険者などと呼ばれるようになってしまうかもな……なんて。

それは流石《さすが》に都合が良すぎるか、ははっ。

……そんな風に、楽観的に考えていたのだが。

「おっ、ラージスライムだ！　皆、今度こそ雪辱戦といこうじゃないか！」

「はいっ！　タマコ、一番槍《いちばんやり》を務めましてよ！」

「ちょっ……!?　タマコ、先行しすぎだ！　射線を塞ぐのもやめてくれ！」

「ごっめーん！　今、宝箱かと思って開けたやつ……ミミックだったわー！」

「リョウ、君が敵の仲間を呼ぶのか!?」

「すみませんタマヒコ様、私まだ魔力が回復しておらず……」

「んんっ……！　先程からの連戦だし、それは止《や》むなし！」

「ちょっと兄様、ユヅ姉様にだけ甘くありませんこと!?」

「贔屓《ひいき》だ贔屓だー」

「云っている場合か!?」

と云った具合で。

結局、グダグダになる僕らなのだった。

「また逃げられてしまったな……どうして僕らは、こうなってしまうのか……」

帰り道、ボロボロになった一行の先頭で僕は頭を抱えていた。

「ま、まぁまぁ、タマヒコ様！　今回はエビルヴァインを討伐出来たのですから、おつりが来ますよ！　大金星ですもの！」

「今のラージスライム戦も、いざトドメって時にタマコがミミックに気を取られなきゃいけてたと思うんだけどねー」

「貴女《あなた》が連れてきたミミックでしてよ!?」

ユヅが苦笑を浮かべ、他人事《ひとごと》のように云うリョウにタマコが噛み付く。

「この分では、上級冒険者など夢のまた夢……否、そもそも斯様な夢を見たこと自体が間違いだったのだ……この僕としたことが、少し上手くいったからと云って何を分不相応に浮かれていたのか……」

先程までの浮かれ具合はどこへやら。

僕の胸は、鬱々とした気分に満ちていた。

「……ふふっ」

そんな中、ユヅが小さく笑う。

「良いではないですか、タマヒコ様。これも、私たちらしくて」

「確かに、此《こ》の上なく僕ららしい結果ではあるのだろうね……」

ユヅを見る僕の目には、多少恨めしげな色が宿っていることだろう。

「ラージスライムも取り逃がしはしましたが、前回より随分と追い詰めることが出来ました。私たちの連携が、少しずつ噛み合ってきている証拠でしょう」

「それはそうかもしれないけど……」

「一気に高みに行くよりも、ゆっくりと……私たちのペースで冒険者道を登っていければ良いと私は思っています。その方が、きっと色んな景色が見えますよ」

……なるほど、そのような考え方はしたことがなかったな。

「私は」

「っ!?」

急に手を握られて、僕の心臓は大きく跳ねる。

「そうやってタマヒコ様と……皆さんと一緒に、ずっと冒険していきたいです」

僕らの顔を見回し、微笑《ほほえ》むユヅ。

「……確かにね。一息に高みまで行こうなどとは、未熟者の僕らでは烏滸《おこ》がましいか」

「私も、ユヅ姉様と色々な景色が見たいですわ！　……まぁ、その……タマヒコ兄様と、リョウさんとも」

「ま、急がば回れって云うしね」

なんとなく、肩の力が抜けてくれた気分だ。

「さて……それでは明日も頑張ろう。僕たちらしく、ゆっくりと」

『はいっ！』

僕の言葉に、皆前向きな顔で頷《うなず》いてくれた。

これからも、僕らの冒険者道は続いていく。果たしてどこまで行けるのかわからないけれど……きっと、このメンバーでならどこに行くにせよ楽しいものになるだろう。

そう考えると、柄にもなくなんだか明日が待ち遠しい気持ちになる僕であった。

――『伝説のパーティー【スプリング・ストーム】の軌跡』
――第一章、リーダー・タマヒコの手記より抜粋

描キ下ロシ漫画

ルスバンオトメタチ

あーヒマ〜
タマヒコ兄様《にいさま》と一緒《いっしょ》に買《か》い出《だ》しに行《い》けば良《よ》かったですわ
お一人《ひとり》で行《い》くと云《い》って行《い》ってしまいましたね
タマコって〜かなりのお兄《にい》ちゃんっ子《こ》だよね〜
はあ?
タマコは別《べつ》に兄様《にいさま》のことなんてどーでも…
出《で》た出《で》た! 強《つよ》がっちゃって
これならどう?
変化《へんげ》!!
ぼわん

しゅううぅぅううう
兄様《にいさま》!!
タマヒコ様《さま》
に化《ば》けてみたよ♡
ふっふーーーん
アタシ程《ほど》の忍《しのび》にかかればタマヒコに化《ば》けるなんて
朝飯前《あさめしまえ》だし～
すごいですリョウさん♡
ふっふーん
でしょ♡
タマコ
なっ…何《なん》です?

お前《まえ》は本当《ほんとう》に可愛《かわい》いな♡
つん♡
ぜ
ぜんぜんうれしくないし…
ゾクゾク♡
満更《まんざら》でもない顔《かお》してるよ
うっふふふいい子《こ》だにゃ～
タマコは可愛《かわい》いな～
いちゃ
タマコは可愛《かわい》い！
いちゃ
……♡
とーっても可愛《かわい》い♡
～っ♡
ガッ
リョウさん…

ご…ごめん ちょ〜〜〜っと フザけすぎた かな〜？
ユヅ姉様《ねえさま》
わ… 私《わたし》も
お…ねがい します…っ
しょうが ないな〜
そう云《い》う ことなら
おいで ユヅ♡

タマヒコさま〜
がばー
ふあああ
スリスリ
スリスリ
わ〜
ちょ…ユヅ!!
わ〜〜〜♡
すみません
欲《よっ》求《きゅう》不《ふ》満《まん》で
欲《よっ》求《きゅう》不《ふ》満《まん》!!
よっぽどこうしたかったのね
たまひこさま〜♡

ぽふ
……
2人《り》とも
タマヒコのこと
大好《だいす》きなんだね
アタシだって
出来《でき》るなら

本当《ほんとう》は…
いやいや
アタシとタマヒコは
ただの友達《ともだち》だから!!
それに
タマヒコは
ユヅの
ことが…
いやぁ～
下世話倶楽部《げせわくらぶ》
特別号《とくべつごう》が
手《て》に入《はい》ってよかった～
こればっかは
一人《ひとり》で行《い》かないと
買《か》えないからな
ふわ
3人共《にんとも》
いた
…ん？

パヤヤーン
おかえりー
リョウ姉様《ねえさま》…アレ…また して下《くだ》さいね
兄様《にいさま》には 内緒《ないしょ》で♡
私《わたし》も♡
!?
3人《にん》で 何《なに》してたんだ?
兄様《にいさま》にだけは 知《し》られたく ありませんわ
えっ
云《い》えません
え
タマヒコは 知《し》らない方《ほう》が いいよ
えええ
僕《ぼく》が下世話《げせわ》 倶楽部《くらぶ》を買《か》いに 行《い》ってる間《あいだ》に 一体何《いったいなに》がー!!?

大正処女御伽話

共ニ歩ム春夏秋冬

皆様 ごきげんよう 桐丘です
如何でしたか? 小説。と――――ってもおもしろかったですよね♡
桐丘も おもしろくて チェックのたびに ワクワクしながら 読みました。
各キャラが 活々《いきいき》していて そのうえ 没ネタや小ネタも上手に盛り込んで
くださったりで はむばね先生が 執筆してくださって 本当に
よかったな♡と嬉しい 気持ちでいっぱいです♡
小説のさし絵を描くのが ひそかな夢だったのでこれも叶って嬉しいです!

読者様、はむばね先生、小説担当 福嶋さん
デザイナーの浅見さん、そして玉田さんに
感謝を込めて♡ ♡♡♡

LOVE♡

2021. 夏 桐丘さな

♡ARIGATO♡GOZAIMASU♡♡

どうも、はむばねです。

この度、『大正処女御伽話《タイシャウヲトメおとぎばなし》　共ニ歩ム春夏秋冬』の小説部分を担当させていただきました。大好きな作品のノベライズに携われたこと、心より嬉《うれ》しく思います。珠彦《たまひこ》とユヅ、時に珠子《たまこ》や綾《りょう》たちも交《まじ》えての『春夏秋冬』の歩み（＋α）を描きました本作、一ファンとして心を込めて書いたつもりですので、お楽しみいただけますと幸いでございます。

あまりスペースもございませんため、早速で恐縮ですが以下謝辞を。

桐丘《きりおか》さな先生、アニメ化作業や『厭世家《ペシミスト》ノ食卓《しょくたく》』の連載等でご多忙の中、内容の詳細なチェック及び素晴らしいイラストの数々、更に『IF』の漫画まで描いていただきまして、誠にありがとうございます。どれも私の宝物になっております。

担当F様、いつも迅速な対応に的確なアドバイス、誠にありがとうございます。

その他、本作の出版に携わっていただきました皆様、普段から支えてくださっている皆様、そして本作を手にとっていただきました皆様に、心よりの感謝を。

それでは、またお会いできることを願いつつ。

今回は、これにて失礼させていただきます。

■初出
大正処女御伽話　共ニ歩ム春夏秋冬　書き下ろし

[大正処女御伽話] 共ニ歩ム春夏秋冬

2021年10月9日　第1刷発行

著　者／桐丘さな ◉ はむばね

装　丁／浅見ダイジュ (&CAT)

編集協力／株式会社ナート

担当編集／福嶋唯大

編集人／千葉佳余

発行者／瓶子吉久

発行所／株式会社　集英社

〒101-8050　東京都千代田区一ツ橋 2-5-10
TEL　03-3230-6297(編集部)
03-3230-6080(読者係)
03-3230-6393(販売部・書店専用)

印刷所／凸版印刷株式会社

Printed in Japan　ISBN978-4-08-703516-2　C0293

検印廃止

強く、切ない少女たちの物語。

オトメ御伽話シリーズ大好評発売中!

時は大正——。事故がもとで母と右手の自由、父の期待を失い田舎に養生という名目で家を追われた青年・珠彦《たまひこ》。
世の中の全てに嫌気がさし、引き籠もりの厭世家《ペシミスト》となり果てていた珠彦のもとに、夕月《ゆづき》という少女がやってきた。彼女は父が珠彦の世話をさせるため買ってきた嫁で…。

タイショウオトメおとぎばなし
大正処女御伽話
JC全5巻

時は昭和3年。ところは神戸。からたち姫と呼ばれる儚くも美しい少女と、幼馴染の孤独な少年は、秘密の遊びをする関係で…!?
暗く混沌とした時代を生きるもう一つのオトメ御伽話。

昭和オトメ御伽話
JC全5巻